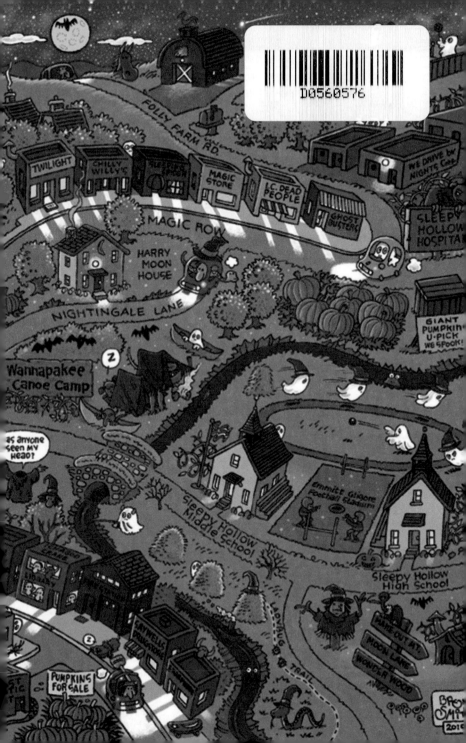

HARRY MOON

VARITA-PAPEL-O TIJERAS

Por
Mark Andrew Poe

Ilustraciones por Christina Weidman

rabbit publishers

Varita-Papel-O Tijeras (Harry Moon)
Por Mark Andrew Poe
© Copyright 2017 por Mark Andrew Poe. Todos los derechos reservados..

Ninguna parte de este libro puede ser reproducido en ninguna forma escrita, electrónicamente o haciendo copias sin el permiso de la editorial, a excepción de estar en artículos, o revisada por críticos o paginas donde se ha dado permiso especifico de la editorial.

"El Walt Disney Estudios" en la contraportada es una marca registrada de la Walt Disney Company.

Editorial Rabbit
1624 W. Northwest Highway
Arlington Heights, IL 60004

Ilustraciones por Christina Weidman
Diseño de caratula por Megan Black
Diseño del interior por Lewis Design & Marketing
Consultantes Creativos: David Kirkpatrick, Thom Black, and Paul Lewis
Traducido al español por Christian Sylva

ISBN: 978-1-943785-61-2

10 9 8 7 6 5 4 3 2 1

1. Ficción- Acción y Aventura 2. Ficción Infantil
Primera Edición
Impreso en U.S.A.

Harry, tener un amigo como yo
tiene consecuencias.

~ Rabbit

Índice

PRÓLOGO

Halloween visitó al pequeño pueblo de Sleepy Hollow y nunca se fue.

Muchas noches atrás, un alcalde malvado y malicioso se dio cuenta que los poderes de la oscuridad podían cambiar al pueblo de Sleepy Hollow en "Spooky Town," una de las atracciones más celebradas del país. Ahora, años después, un mago del octavo grado, Harry Moon, es escogido por los poderes de la luz para batallar contra este alcalde y sus compañeros malvados.

Bienvenidos al *mundo de Harry Moon y sus increíbles aventuras*. La oscuridad puede haber encontrado un hogar en Sleepy Hollow, pero si el joven Harry tiene algo que ver con esto, la oscuridad no se quedará ahí.

Familia, amigos & enemigos

Harry Moon

II

Harry es el mago de trece años héroe de Sleepy Hollow. Es un gran mago que está aprendiendo a usar sus habilidades y entender lo que significa poseer la magia real. Es un héroe improbable, Harry es el más pequeño de su clase y tiene pelo como de tinta negra. Ama su familia y a su pueblo. Junto con su amigo Rabbit, Harry siente la determinación de hacer volver a Sleepy Hollow a su verdadera e integra gloria.

Rabbit

Ahora lo ves. Ahora no lo ves. Rabbit es el amigo de Harry Moon. Algunos lo ven. La mayoría no lo puede ver. Rabbit es un conejo arlequín grande, blanco y negro, con orejas caídas. Como lo ha descubierto Harry, tener un amigo como Rabbit tiene sus consecuencias. Nunca se guarda sus consejos y sugerencias, Rabbit siempre cubre la espalda de Harry mientras él lucha contra el mal que ha inundado a Sleepy Hollow.

Honey Moon

Es la hermana menor de Harry, una pícara explosiva de
10 años. A Honey le gusta ir donde se le necesita, y a
veces esto la lleva a lugares peligrosos. Honey nunca
se rinde y nunca se da por vencida cuando tiene que
arreglar algo que está mal. Honey siempre cuida a sus
amigos. A Honey no le gusta que su pueblo ahora está
en un estado perpetuo de Halloween y tiene miedo del
mal que está por todas partes. Pero si Honey tiene que
hacer algo respecto, el mal no se quedará.

III

Samson Dupree

Samson es el enigmático dueño de la tienda de magia
de Sleepy Hollow Magic. Es el mentor de Harry y su
amigo. Cuando se necesita, Samson le enseña a Harry
nuevos trucos y le ayuda a entender sus habilidades
mágicas. Samson hizo que Rabbit se hiciera el
compañero y amigo de Harry. Samson es un hombre
excéntrico, atemporal, que se pone túnicas moradas,
pantuflas rojas y una corona dorada. A veces, Samson
aparece de manera misteriosa. Le apareció a la mamá
de Harry después del nacimiento de Harry.

Mary Moon

Fuerte, justa y espiritual, Mary Moon es la mamá de Harry
y de Honey. También es madre de Harvest quien tiene dos
años. Está casada con John Moon. Mary está aprendiendo
entender a Harry y a su destino. Hasta ahora ha hecho un
buen trabajo dejando que Harry y Honey peleen las batallas
de la vida. Está agradecida de que Rabbit apoya y la acon-
seja. Pero como todas las mamás, a Mary muchas veces se
le hace difícil dejar que sus hijos sigan su propio camino.
Mary es una enfermera en el hospital de Sleepy Hollow.

IV

John Moon

John es del papá. es un poco nerd. Trabaja como un
profesional de sistemas, y a veces piensa que le hubiera
gustado que sus hijos siguieran sus pasos. Pero respeta
que Harry, Honey y posiblemente Harvest formen su propio
camino. John tiene un auto clásico que se llama Emma.

Titus Kligore

Titus es el hijo del alcalde. Él es un bully de primer nivel,
pero también está un poco confundido acerca de Harry.
Los dos han logrado tener más o menos una amistad,
aunque Titus mostrará su fuerza de bully a Harry de

vez en cuando. Titus es grande. Es mucho más alto que Harry. Pero como la historia de David y Goliat, Harry ha aprendido como contraatacar los ataques de Titus mientras que la mayoría de chicos de Sleepy Hollow le tienen miedo. Titus no quisiera ser un bully, pero con un padre como Maximus Kligore, él se siente atrapado en este papel.

Maximus Kligore

La personificación del mal, de la codicia, de la maldad, Maximus Kligore es el alcalde de Sleepy Hollow. Para recaudar dinero, Maximus cambió al pueblo en lo que es hoy una atracción tenebrosa de Halloween.

Él permite las celebraciones marcadas con el mal que suceden en el pueblo. Maximus está planeando llevar a Sleepy Hollow consigo mismo al infierno. ¿Pero lo hará? Él sabe que Harry Moon es una amenaza a sus planes viles, pero mientras él trate, todavía no se puede liberar de las intromisiones de Harry. Kligore vive en Folly Farm y es dueño de la mayor parte del pueblo, incluyendo el periódico del pueblo.

V

La Cosa Más Tenebrosa De Todas

Había muchas cosas que eran tenebrosas en Sleepy Hollow, incluyendo la oscura plaza del centro de la ciudad y la estatua del Headless Horseman. Había criaturas tenebrosas, que caminaban por las

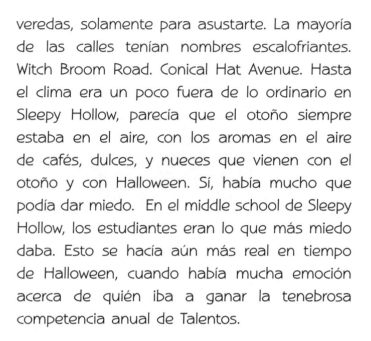

veredas, solamente para asustarte. La mayoría de las calles tenían nombres escalofriantes. Witch Broom Road. Conical Hat Avenue. Hasta el clima era un poco fuera de lo ordinario en Sleepy Hollow, parecía que el otoño siempre estaba en el aire, con los aromas en el aire de cafés, dulces, y nueces que vienen con el otoño y con Halloween. Sí, había mucho que podía dar miedo. En el middle school de Sleepy Hollow, los estudiantes eran lo que más miedo daba. Esto se hacía aún más real en tiempo de Halloween, cuando había mucha emoción acerca de quién iba a ganar la tenebrosa competencia anual de Talentos.

Harry Moon, un estudiante de octavo grado con la ilusión de convertirse en mago, sería el candidato perfecto para ganar esta competencia, ya que él era increíble haciendo trucos de magia con cartas, con pañuelos, y sacando conejos de su sombrero. Pero Titus Kligore, el bully de la escuela, tenía los recursos y las ganas para ganarle a Harry Moon.

El año pasado, Titus y sus compañeros ganaron la tenebrosa competencia de talento cantando una canción "Tonight we Party".

Solamente estaban en séptimo grado, y aun así habían ganado. Los amigos de Titus, los maniáticos, se habían vestido completamente como monstruos—la momia, Frankenstein, el hombre lobo, y Drácula- y habían cantado realmente muy bien.

El papá del Titus, Maximus Kligore, no era solamente el alcalde de Sleepy Hollow, también tenía la tienda de disfraces más exitosa del pueblo - Chillie Willies. Titus tenía una gran ventaja sobre el resto, ya que Chillie Willies lo vestía a él y a sus amigos con nuevos disfraces más extravagantes y más horrorosos de lo que el dinero pudiera comprar. Además, a todos les daba miedo votar por cualquier persona que no fuese Titus. ¿Quién iba a querer que los maníacos le metan en un casillero?

Este año, este chico molestoso, Titus, planeaba ganar otra vez cantando la canción "Let's get Hysterical", con cinco monstruos de película - Freddie, Jason, el come cerebros y el Saw. Pero había un aire frío en el ambiente, se decía que Harry Moon quería ganar la competencia, lo cual hacía que Titus y sus

3

maniáticos se volvieran locos. Harry, un chico tenaz y muy trabajador, había estado practicando sus trucos de magia todas las noches, después de clases, en el estudio de artes de la escuela.

Miss Pryor, la profesora de drama, a quien todos los chicos quisieran besar (había un rumor que Titus había besado sus labios el año pasado en su cumpleaños), estaba a cargo de la competencia tenebrosa de talentos y había dicho a su clase que Harry Moon era el chico al que tenían que observar.

"Un día", dijo Miss Pryor, "Harry Moon podría ser tan bueno como Elvis Gold".

"¡Wouuu!" Dijeron muchos de la clase. La clase estaba asombrada por lo que había dicho la profesora. Elvis Gold era el mago más asombroso de América. Recién la semana pasada, Elvis Gold, encadenado y congelado en un bloque de hielo en el río Hudson, había escapado de una muerte segura y había sido visto en pantallas en todo el mundo. Harry había visto esto muchísimas veces en su teléfono.

Titus Kligore no disfrutaba saber que Miss Pryor estaba diciendo estas cosas acerca de Harry Moon. Eso significaba una competencia para él. Titus estaba acostumbrado a que las cosas salieran como él quería y a mantener control sobre todos los niños. De cualquier forma, él debía ganar la competencia tenebrosa de talentos.

Titus Kligore nunca le había querido a Harry Moon ni un poquito, lo cual no era bueno para Harry. Titus era inmenso—por lo menos un pie y medio más alto que Harry. Tenía una cabeza gigante y hombros muy anchos. Era uno de los primeros chicos que podía silbar muy alto sin utilizar sus dedos. Él había aprendido esto de su tío, quien, según rumores, estaba en la cárcel por haber robado cerveza.

Lo peor era que Titus era imprudente. Sus hormonas estaban por todas partes. Hasta tenía nueve pelitos en su quijada cuando estaba recién en cuarto grado. Realmente sí que estaba fuera de control.

La única cosa que Titus tenía bajo control

era la forma como se movía. Él no caminaba por los pasillos como los otros chicos—él se contoneaba.

Era esta forma de moverse de la cual alardeaba aquel día cuando confrontó a Harry Moon fuera de la cafetería.

"Escúchame enano" dijo Titus mientras agarraba a Harry de su camiseta, fuera de la cafetería. Titus lo puso contra la pared, "escuché que en Willow Wood están emocionados por algunos trucos ridículos que vas hacer este sábado en la noche". Willow Wood era la casa para ancianos de Sleepy Hollow.

"Qué gracioso" dijo Harry, escapándose de las manos de Titus. "El sábado de noche yo voy estar aquí ganándote", el estómago de Harry se estremecía, pero él no iba a permitir que Titus Kligore vea el miedo que le tenía.

Harry escuchó un gruñido a sus espaldas mientras iba rápido a su clase. "Tú no debes estar en la competencia de talento tenebrosa si sabes que te conviene" el gruñido lo había hecho Titus.

El horario de verano había acabado por lo que era de noche cuando Harry Moon llegó a su casa de practicar en la escuela. El viento soplaba y movía las ramas de los árboles que rodeaban la acera. El viento era siempre más fuerte en esta época del año. Las últimas ventiscas sacaban las últimas hojas de los árboles hasta que las ramas quedaban completamente vacías, tratando de topar el cielo gris con sus dedos de esqueleto. La luna amarilla se desvanecía detrás de los dedos, que eran ramas, como si fuese a comenzar una pesadilla.

Casi era Halloween en Sleepy Hollow, Massachusetts. Durante años, los turistas venían de todas partes del mundo para ver al Headless Horseman de este pequeño pueblo. Era el escalofriante caballero que había cabalgado sobre el puente de Sleepy Hollow en su caballo feroz, buscando una cabeza para poner sobre su cuerpo vacío y sangriento.

Cuando los turistas ni siquiera podían oler al caballero fantasmal, ellos se iban, decepcionados. Habían venido hasta Sleepy

Hollow, Massachusetts—pero era el Estado equivocado. El que ellos querían, era Sleepy Hollow, New York. Allí es donde había sucedido la historia famosa de Washington Irving, del Headless Horseman.

Los turistas se entristecían cuando descubrían la verdad, y el pueblo estaba perdiendo este negocio. Era una situación en la que se perdía por los dos lados. Entonces Maximus Kligore, siendo el alcalde, comenzó un programa de restauración para transformar a Sleepy Hollow, Massachusetts en "Spooky Town".

Él proclamaba cada día que sería la noche de Halloween, y comenzaba la escalofriante transformación. Había un rumor que la razón real era que Kligore había vendido el alma de Sleepy Hollow a cambio de tener magia negra para sí mismo. Lo que sea que sea, el malvado acuerdo con el lado oscuro funcionó. La pesadilla de Sleepy Hollow comenzó a producir más dinero de lo que cualquiera se hubiera imaginado. Spooky Town se hizo uno de los pueblos turistas más populares del país.

El pueblo hasta puso una estatua del

Headless Horseman en medio de la plaza. La estatua, hecha de la roca que salía de Marblehead, medía 14 pies y tenía, arrimada contra sí, una escalera de hierro. Desde Taiwan hasta Abu Dhabi, la gente venía al pueblo equivocado para que se les tome fotos encima de este caballo, cabalgando junto al caballero que perdió su cabeza.

En la restauración, una de las tienditas fue renombrada "I. C. Dead People". Otra de las tiendas en la calle Elm Street cambió su nombre a "Pesadillas en Elm Street". El tour del jardín se convirtió en el tour del miedo. Los paseos en los carros de heno se convirtieron en los paseos embrujados. Una tienda de juguetes a la que no le iba bien se transformó en la popular tienda de cazafantasmas. Hasta había una calle a la que se le llamó Magic Row, donde se podían comprar encantos, embrujos y trucos de magia.

Todo el año, la escuela pública promovía sustos. El marco de madera al frente de Middle School de Sleepy Hollow anunciaba la escalofriante competencia anual de talentos.

Durante todos estos años, la fortuna de Sleepy Hollow había regresado. Las cosas tenebrosas se convirtieron en un gran negocio. El muñeco del Headless Horseman estaba disponible en casi todas las tiendas. Durante la época de Halloween este muñeco se vendía por completo. El cementerio de Sleepy Hollow es el lugar en donde descansan muchos de los escritores y pensadores de los Estados Unidos, desde Henry David Thoreau hasta Nathaniel Hawthorne; pero, para la mayoría de turistas, es el lugar en donde está enterrado el Headless Horseman.

❧

Slish. Slash. ¿Qué era ese sonido? Harry se dio la vuelta. Alguien le estaba siguiendo. Pero no había nadie detrás de él. Harry estaba a unas pocas cuadras de su casa. El viento era tan intenso que hasta movía las cercas pintadas de blanco que adornaban las muchas casas de la calle Walking Dead Lane.

Slish. Slash. Ahí estaba ese sonido otra vez. Normalmente, Harry Moon estaría caminando desde la escuela con sus amigos,

Declan, Bailey y Hao, pero se había quedado un poco más de tiempo practicando para la competencia. Él se dio cuenta de ese sonido tan raro sólo porque era fuera de lo ordinario. No era el sonido típico de las ramas. Era un sonido de metal rozando con otro metal.

Slish. Slash. Él se preguntaba cómo le podía seguir cualquier cosa si estaba tan oscuro, ya que el cielo estaba oscuro y no habían postes de luz en la calle Walking Dead.

Slish. Slash. Mientras ese sonido de metales se acercaba, Harry caminaba más rápido. Su mochila golpeaba sus hombros. Empezó a ir más rápido, pero también lo hizo el sonido. Cuando el viento pegó las ramas haciendo que los esqueletos de las ramas hicieran sonidos, Harry corrió, pero sus piernas eran cortas, y las piernas del que le seguía eran largas.

Como por magia, Titus Kligore estaba de repente parado al frente de Harry Moon en la intersección de Nightingale Lane y Walking Dead Lane. Harry respiraba rápidamente mientras Titus permanecía ahí, parado, estoico.

11

Titus era tan calmado y tan grande como la estatua de bronce del Headless Horseman que estaba en la plaza del pueblito Sleepy Hollow.

"¡Quítate de mi camino!" gritó Harry, mientras trataba de seguir yendo alrededor de Titus. Titus se hizo hacia un lado, bloqueando su camino. Harry fue hacia la derecha. Y nuevamente, Titus le paró con su cuerpo.

Slish. Slash. Harry miró hacia abajo al sonido de metales que se rozaban. Aún en la oscuridad, él podía ver el brillo de las tijeras en las manos de Titus que las abría y las cerraba. Éstas no eran tijeras de papel o de costura. Éstas eran tijeras—el tipo que se usaba en las granjas para cortar la lana de las ovejas.

"¿Que estás haciendo?"

"Vine a darte un corte de pelo", dijo Titus, con su voz profunda y maligna.

"¿Para qué quieres hacer eso?"

"¿No te llamas Harry?"

12

"Y eso ¿qué tiene que ver?" Dijo Harry, tratando de evadir al alto Titus.

"Bien, yo he venido a dar a tu trasero, Harry Moon, un corte de pelo", dijo Titus.

"¡No lo harás!" gritó Harry, moviéndose para salir del agarre de Titus.

∽

A Harry le habían molestado mucho por el doble significado de su nombre durante ya varios años. Ni siquiera se había dado cuenta de que había problemas con su nombre hasta que tuvo 11 años. El bus del club especial de Sleepy Hollow, locos por ir al juego de fútbol americano en Lexington, pasaba por ahí. Fue ese día de otoño cuando los chicos más grandes se bajaron los pantalones en el bus y mostraron sus nalgas por las ventanas.

"¡Oigan chicos!" Dijeron esos bromistas que estaban en el bus mientras los chicos de sexto grado miraban con disgusto. "Esto es algo que vendrá pronto".

13

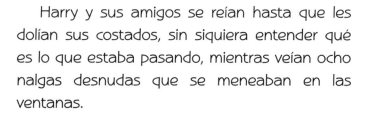

Harry y sus amigos se reían hasta que les dolían sus costados, sin siquiera entender qué es lo que estaba pasando, mientras veían ocho nalgas desnudas que se meneaban en las ventanas.

Declan Dickinson, el nerd del grupo, siempre se mantenía calmado. "¿Qué es lo que vendrá pronto?" Preguntó al bus lleno de chicos.

"¡Que sus nalgas rosadas se conviertan en Hairy Moons! Gritó uno de los chicos".

"¿Qué piensan que acaba de ocurrir?" Preguntó Harry mientras pateaba las hojas con sus zapatos.

"Solo unos idiotas tratando de llamar la atención en el pequeño suburbio de Sleepy Hollow, eso es todo" dijo Hao. Era el más apacible de los chicos.

"Ewwwwee, ¡que asqueroso!" dijo Bailey.

"Para que vean, eso es convertirse en adulto" dijo Harry con un suspiro. "Yo simplemente nunca quiero crecer y ser como esos bromistas idiotas".

"Sí, bueno—ellos parecía que estaban diciendo tu nombre, Harry Moon, para que tú seas un idiota con ellos" dijo Declan con una entonación medio pesada en su voz.

"¿Qué quieres decir?" preguntó Harry.

"Parce que saben cuál es tu nombre, 'Harry Moon.'"

"Ellos estaban hablando de sus nalgas desnudas—no de mí"

15

"Me imagino que es lo mismo. Quiero decir ¿"Hairy Moon" o "Harry Moon?" dijo Declan. "Parece que son la misma cosa— solamente la misma cosa asquerosa de traseros".

"Ah, ya basta" dijo Harry, "ese fue Moonin'. cualquier persona sofisticada sabe lo que es moonin".

"Está bien, ahora que soy una persona sofisticada y conozco acerca de esas cosas", dijo Declan mientras semi cerraba sus ojos mirando a su amigo, "ya no veo tu fea cara— sólo veo una fea, asquerosa luna".

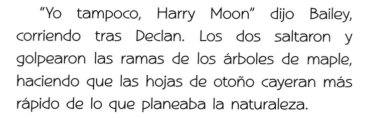

"Yo tampoco, Harry Moon" dijo Bailey, corriendo tras Declan. Los dos saltaron y golpearon las ramas de los árboles de maple, haciendo que las hojas de otoño cayeran más rápido de lo que planeaba la naturaleza.

"A mí no me molesta", dijo Hao, muy incómodo con su peso como para ir corriendo. "No te preocupes, ellos van a dejar sus chiquilladas para el desayuno"

16   Realmente, Hao estaba en lo correcto. Hasta el siguiente día, con un nuevo sol brillando, mientras Harry caminaba hacia la escuela, ahí estaban sus amigos—Declan, Bailey y Hao—todos esperándole bajo el árbol de maple en la esquina de Nightingale y Mayflower.

"Oye amigo, perdónanos" dijo Declan. "Solamente estabamos jugando contigo, realmente no era algo en serio".

"Es medio gracioso", dijo Harry, "y también un poco irónico".

"¿Cómo irónico?" Preguntó Hao, quien había

pasado casi toda la noche en su celular tratando de convencer a sus amigos que tenían que pedirle perdón a Harry.

"Es irónico porque yo no tengo un trasero peludo".

"Todavía", dijo Bailey. "No todavía".

Todos se rieron y se asquearon mientras caminaban por la vereda, lejos de la intersección. Eran cuatro amigos. Bailey, Harry, y Declan se conocían desde el pre escolar. Hao era el más nuevo que había llegado al pueblo en el tercer grado. "Eres asiático, negro o indio?" pregunto Bailey cuando Hao llego a la clase de tercer grado.

"Soy un poco de todo. Solo dime 'el chico del mundo' Ese soy yo", dijo Hao. Hao no tenía que decir nada más. Harry y sus amigos lo acogieron inmediatamente.

Ellos se llamaban el Equipo de Buenas Travesuras, aunque no siempre hacían cosas buenas. Hasta tenían reuniones secretas del Equipo de Buenas Travesuras en la casa del árbol en el patio de los Moon. Y aunque la hermana de Harry protestaba tanto, aun así, no era invitada. No podía guardar secretos.

Ahora era de noche. Dos años después. El

viento estaba aullando y estaba oscuro.

Slish. Slash. Titus era como una torre encima de Harry. Las nubes pasaban cubriendo la luna amarilla con la sombra de las tijeras posándose en la cara de Harry.

"Una de dos, o te sales de la competencia

de talentos, o te voy a cortar el pelo, Harry Moon Butt", amenazaba Titus, mientras se movía hacia adelante y agarraba un pedazo de pelo de Harry.

Titus levantó a Harry del suelo, agarrándolo desde el pelo mientras Harry gritaba del dolor. *Slish. Slash* . . . sonaban las tijeras mientras Titus le cortaba un pedazo. Ya no estaba suspendido desde el pelo, Harry cayó hacia la acera. Titus lanzó el pelo al piso, mientras Harry Moon se paraba rápidamente y corría por su vida.

Titus se dio la vuelta y le persiguió.. Le agarró desde la mochila mientras corría, Harry la tiró hacia atrás a la cabeza grande de Titus, lanzándolo al piso.

"Voy a sacarte el resto del pelo después," Titus dijo entre dientes cerrados.

Harry corrió lo más rápido que pudo. Antes de que Titus se pudiera parar, Harry ya estaba lejos, desapareciendo en el patio de su casa.

La Tienda Magia de Sleepy Hollow

"¡Tienes que dejar que me cambie de nombre!" exclamaba Harry.

Harry se sentó con sus padres en la mesa, teniendo frente suyo el arroz pilaf y un pedazo de pollo.

"Nadie se va a cambiar de nombre" dijo John Moon, el papá de Harry.

"Créeme, Harry, yo he tratado" dijo su hermana de diez años, Honey Moon. Honey tenía un pelo lacio y rubio. Sus brillantes ojos verdes, siempre brillaban bajo sus pestañas de preocupación. "Cada vez que me doy la vuelta,

22

alguien está haciendo un comentario acerca de que estoy besando a alguien".

"Por lo menos no están cortándote el pelo" gruñó Harry, mientras se agarraba de donde solía estar su pelo. "Mira, Titus Kligore me cortó el pelo".

"Nadie se va a dar cuenta" dijo Honey, sin ser de mucha ayuda. "Nunca te peinas, entonces ¿quién se va a dar cuenta? Se te ve bien. Alégrate de que tu nombre no sea Honey ni Harvest".

Honey miró a su hermano pequeño, Harvest Moon, quien estaba sentado en su sillita.

"¿Qué hay de malo con mi nombre?" preguntó Harvest, mientras metía sus manos en la salsa de manzana.

"Es un nombre hermoso", dijo la mamá de Harry, Mary Moon. "Es como un hermoso poema".

"¡Tengo que cambiar mi nombre legalmente a George o Milo!" rogó Harry. "¡Y tiene que ser antes del sábado! Ese es el día de la

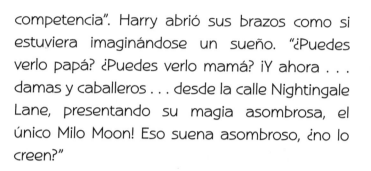

competencia". Harry abrió sus brazos como si estuviera imaginándose un sueño. "¿Puedes verlo papá? ¿Puedes verlo mamá? ¡Y ahora . . . damas y caballeros . . . desde la calle Nightingale Lane, presentando su magia asombrosa, el único Milo Moon! Eso suena asombroso, ¿no lo creen?"

"No, no lo creo" dijo su papá. "Nosotros los Moon, no nos escondemos sólo por un poco de adversidad".

24

"¿Un poco de adversidad?" preguntó Harry. "Fui atacado con tijeras para trasquilar ovejas".

"¿Cuántas veces hemos discutido tu nombre?" dijo John de una manera amable, pero firme. "Tú fuiste nombrado por Harrold Runyon y vas a usar tu nombre con la misma nobleza suya".

"Sí, señor" dijo tristemente Harry.

"No debes dejar que te afecte lo que te dicen de tu nombre", dijo John.

Harry sabía que esto iba a ser otra batalla que iba a perder. Durante la guerra de Irak, el compañero del ejército de su papá se llamaba

Harold Runyon. Harrold era un tipo feliz, que masticaba chicle, que decía cosas graciosas, que siempre te iba a defender. Desde los catorce, Harrold trabajaba los veranos como salvavidas en la piscina Leisure Time en la ciudad de Kansas, Missouri. Eso es lo que Harrold hizo. Él salvaba a las pequeñas niñas y niños de ahogarse en la piscina.

Cuando tuvo dieciocho años, Harry Runyon le salvó la vida a John también. En Irak, él se puso en la trayectoria de una bala que iba hacia John y ésta le pegó en el corazón. John sufría por su amigo, él fue quien lanzó la primera pala, llena de tierra, sobre su cofre en

Missouri, y juró que mantendría viva la memoria de su amigo. Entonces, cuando John y Mary Moon tuvieron su primer hijo, le pusieron Harrold en honor al amigo de John, quien dio su vida para que el papá de Harry viviese.

"No nos olvidemos de la excelencia, querido".

"¿Qué quieres decir mamá?" preguntó Harry, tragando lo último de su arroz pilaf.

"Titus Kligore está preocupado por ti", respondió su mamá.

"¿Preocupado por mí? ¡Es una bestia!" dijo Harry.

"Él no te estaría molestando si no te tuviera miedo. No vayas a golpearlo en el recreo", explicó Mary. "Nada bueno puede salir de eso. Pero, en vez de eso, golpéalo siendo mejor que él en la competencia".

"Pero, mamá, ¿todo eso va a hacer Harry, sin ser tan excelente?" dijo Honey como si fuese verdad.

"¡Haz silencio!" le gritó Harry a Honey.

"La verdad es dura" dijo Honey. "Digamos la verdad, Harry. Necesitas mejores trucos".

A Harry no le caía bien su hermana. Él la amaba, pero no le caía bien. Casi siempre estaba en lo correcto. Tampoco le gustaba eso. Esta vez, ella decía la verdad. Si es que tenía que ganarle al bully, Titus Kligore, con "excelencia", iba a necesitar mejores trucos.

Harry tenía una buena excusa para buscar mejores trucos de magia. Cuando Half Moon, el perro de la familia, había mordido la varita blanca de fibra de vidrio de Harry, entonces Harry había decidido que estaba listo para la buena magia. Había estado estudiando magia ya por un buen tiempo. Ahora, él sabía que estaba listo para el siguiente paso. Harry había ahorrado un poco de dinero de sus shows de magia que hacía en las fiestas de los niños, entonces gastó un poco de sus ahorros para hacer esta compra. Harry había estado esperando por el momento correcto, y ahora, con el Show de Talentos Tenebrosos acercándose rápidamente, él sabía que tenía que ir a Magic Row.

A Mary no le gustaba mucho la idea de que Harry fuera solo a Magic Row o Conical Hat Avenue. Sólo estaba en el octavo grado. Pero, hace mucho tiempo, ella se había encontrado por coincidencia con un hombre excéntrico en el Boston Common. En ese entonces, Harry todavía era un bebe en un coche. El hombre le había dicho a Mary y a John Moon que tenían que ir a Sleepy Hollow.

Y así fue, después de tres años en Boston, la familia Moon se fue a una linda casa en Nightingale Lane, la cual Mary había heredado de su tía abuela. Este hombre tan excéntrico también le dijo a Mary que Harry Moon era un chico que nació con un destino especial. El futuro no solamente de Sleepy Hollow, pero del mundo que se encontraba en una balanza. Con el tiempo, Mary Moon se había resignado a la idea de que Harry algunas veces tendría que ir a algunos lugares y tendría que hacer cosas antes de que ella estuviera lista para dejarle hacerlas.

De todas las tiendas en Magic Row, a

Harry le gustaba la tienda con el nombre más inocuo —la tienda de magia de Sleepy Hollow. No era tanto por lo que se vendía en el muestrario, el cual tenía los últimos trucos, pero más debido al dueño que estaba dentro.

Este hombre tenía ojos sabios que brillaban aún a la distancia. Con los años, este hombre excéntrico había entrenado a Harry. Cuando Harry le había presentado emocionado su mamá a su mentor, Mary se había sorprendido cuando se dio cuenta el dueño de la tienda de magia era el mismo hombre misterioso que se le había aparecido en Boston hace tantos años. "Nada, Mary Moon, es casualidad. No existe la suerte", el dueño de la tienda de magia de Sleepy Hollow le había dicho cuando se encontró con ella otra vez en su tienda de magia.

Este hombre, este mago, tenía el nombre de Samson Dupree. Mary Moon y John Moon aceptaron que ese profesor era un tipo de guardián, para Harry. Samson ayudaba a Harry a pensar, imaginarse y soñar acerca de la vida y de la buena magia.

Harry estaba acostado en su cama, mirando al techo, y preguntándose ¿era toda la magia una ilusión? Después de todo, las historias de superhéroes, los videojuegos, y las películas eran mentira. ¿Era verdad la magia?

Lo que era seguro, era que a su madre no le gustaba mucho la magia. Cuando Harry compró un juego de principiante de magia, ella lo toleró, pero no le gustaba. No, para nada. Pero también ella sabía que era su destino.

Un día, cuando trajo la ropa recién doblada al cuarto de su hijo, Mary vio un póster de tamaño real de un hombre que estaba pegado en la pared del cuarto de Harry.

"Harry, porque está Tarzán en esta pared que recién fue decorada?"

"Ese no es Tarzán".

"Claro que sí, amor. Quiero decir—míralo. Tiene puesto un taparrabos, está casi desnudo, y está a punto de atacar como si fuese un animal gruñendo . . ".

31

"Ese es Elvis Gold, mamá. Está invocando la magia. ¿No puedes ver todas esas cadenas alrededor suyo? Las está rompiendo con su poder".

"¿Poder? El único poder verdadero viene desde el cielo," dijo Mary, moviendo su cabeza.

"Mamá, tú sabes eso, y yo sé eso. Elvis Gold no tiene poder de verdad. Es un ilusionista. Es un experto en hacer trucos".

"¿Cómo puede esconder su mano? ¡No tiene donde ponerla! ¡Está vestido como un cavernícola en taparrabos!"

Mary suspiró mientras guardaba la ropa limpia de Harry en los cajones de su cómoda de roble.

"Ésa es la razón, mamá. Él es muy bueno. Está haciendo el truco con las manos sin tener lugar para esconder las cosas. Él es así de bueno. Él es mi héroe".

"¿Héroe? ¿Elvis Gold es tu héroe? ¿Por qué no puedes ser como los otros chicos? Mark Rutherford tiene un póster de Abraham Lincoln en su cuarto. ¿y mi hijo? Nooo. ¡Él tiene a Elvis Gold!"

Cuando Mary acabó, se fue de su cuarto como lo hacía generalmente—moviendo la cabeza en desdén. Claro, Mary amaba a Harry y de la misma forma, Harry amaba a su mamá. Algunas veces, ellos se frustraban, el uno al otro.

Era en tiempos como este cuando Mary

32

Moon se acordaba de las palabras de Samson Dupree. "no temas, Mary," había dicho Samson.

✦

La plaza tenía mucha vida esa tarde. Faltaban pocos días para Halloween. Los dueños de las tiendas la llamaban *temporada alta* en Sleepy Hollow.

Buses llenos de turistas y gente que iba a comprar llenaron todos los parqueaderos. Todo el mundo estaba fuera, comprando sus disfraces y las decoraciones de Trick-or-treat para sus casas.

33

Como esa tarde no había práctica para la competencia de talentos, Harry decidió ir a comprar una varita.

"¿Alguno de ustedes quiere venir conmigo?" Harry les preguntó a sus amigos. Declan, Hao y Bailey, todos ellos prefirieron ir a jugar el nuevo juego de Declan.

Llegando a la plaza, Harry no podía creer la línea que había para la estatua del Headless

Horseman. Debía haber más o menos cien personas esperando para subir la escalera y subirse al caballo para tomarse esta foto. "Esta es la temporada" dijo Harry entre dientes, negando con su cabeza.

Mientras Harry caminaba sobre el césped de la plaza, él miraba a Magic Row. Chillie Willies estaba bien ocupado y también Twilight, la tienda que recibió su nombre por los libros y películas de vampiros. Pero la tienda de magia de Sleepy Hollow parecía estar vacía. Tal vez, simplemente no era tan tenebrosa, pensaba Harry mientras se paraba y miraba a su tienda favorita desde una distancia.

La tienda tenía adornos de color amarillo y rojo que estaban pintados en las dos ventanas. Desde lejos, esos adornos parecían dos párpados que revelaban dos ojos escondidos. Aún a la distancia, Harry podía escuchar la música de las campanas en la puerta, aún antes de entrar por la puerta.

Todo el movimiento de la gente que compraba caminando por medio de la plaza se disipó mientras Harry se acercaba a la tienda.

Mientras él caminaba lentamente a través de la plaza, parecía como si el tiempo mismo había parado. Siempre fue así cuando Harry buscaba la buena magia de su mentor, Samson Dupree. Ahora, ya era hora. Ahora estoy listo. Es tiempo para comprar la VARITA.

¡De repente, un carro negro salió de la nada! Y empezó a acelerar hacia Harry como para atropellarle. Harry saltó a la acera frente a la tienda mientras el carro pasaba a toda velocidad, a sólo pulgadas de distancia.

35

Harry estaba tirado en la vereda. Se viró en el suelo y miró hacia el auto mientras se escapaba. El contorno de la placa decía "manejamos por la noche". Harry Moon conocía muy bien a estos autos oscuros. Siempre parecían estar cerca, siguiéndole, aun cuando él era niño.

Se limpió los pantalones y miró hacia la tienda. En los ojos de la ventana, él vio a su profesor de magia, al viejo, Samson Dupree. Una corona dorada estaba en su cabeza, Samson, estaba parado en las escaleras, con cajas sin abrir y poniendo un nuevo inventario en los estantes.

Mientras Harry miraba a Samson, la puerta de la tienda de magia de Sleepy Hollow se abrió ella sola. A él le fascinaba esto. Nunca entendió exactamente cómo sucedía. Las campanas juntas con la puerta sonaban suavemente. Harry sonrió al escuchar el sonido tan familiar. Siempre era un sonido familiar. Siempre le hacía sentir como un niño que llega a su casa.

Cualquier cosa que un mago joven pudiese querer estaba en estas repisas y estantes de la tienda—capas, sombreros, trucos, acertijos, y telas. Una bola ocho de magia estaba colgada desde el techo.

Ahí estaban los famosos magos de antaño en un estante de mármol encima de la tienda. Dumbledore, Gandalf, y claro, Merlín sentados majestuosamente en bronce. Sus caras eran sabias y buenas. Algunas veces, en otras ocasiones que visitaba la tienda, Harry pensaba que ellos le miraban directamente a él. Pero a Harry esto no le asustaba. Aquí en la tienda de magia de Sleepy Hollow, Harry sentía que le entendían. Aquí, Harry se sentía amado.

"Samson . . . Estoy listo para la buena magia".

Mientras Harry conversaba, el hombre en la escalera se dio vuelta. Tenía una corona dorada de plástico en su cabeza. Una capa morada que descansaba en sus hombros. En sus pies habían dos pantuflas rojas tan brillantes como una manzana roja. Cuando sus ojos azules miraban a Harry, Samson brillaba con su sonrisa benévola. Era tan amigable, tan distinta, seguramente esa sonrisa podría domar hasta la bestia má salvaje del bosque para que se vuelva un animalito juguetón.

Ellos tenían una cierta forma de actuar entre ellos. Samson era el profesor de magia. Constantemente quería reforzar la idea de que ningún mago verdadero podría ser algo sin disciplina y sin el estudio de la práctica. "¿Estudiaste mi grimoire?" Preguntó Samson, con sus ojos brillando. El grimoire era un libro acerca de la magia.

"Lo hice," dijo Harry con una sonrisa.

"¿Has aprendido las enseñanzas del gran mago?"

"Sabes que sí," dijo Harry.

"¿Realmente crees que estés preparado para la varita, Harry?" Preguntó Samson y empezó a bajar la escalera suavemente.

En ese momento, Harry se preguntó si realmente lo estaba. Samson nunca le había preguntado eso antes. ¿Realmente estaba preparado o sólo quería enseñarle una lección a Titus Kligore?

Y tal como lo hacía su papá antes de tomar una decisión, ¿había realmente respondido las cuatro preguntas que marcaban la diferencia de un gran hombre o una gran chica? ¿Lo que estoy haciendo es verdad, puro, de buena voluntad y un servicio para todos?

"¡Sí!" Respondió Harry, con entusiasmo.

"Entonces, ¿no puedo hacer más que confiar en ti, mi amigo?" Dijo Samson con una sonrisa.

"¡Para serte sincero, necesito mejores trucos!" Respondió Harry.

Samson se movió tan solo un poquito

cuando Harry habló. Samson se movió detrás del mostrador y se paró al frente del chico. Samson alzó su brazo derecho, cubierto con la capa morada. Mostró su brazo al frente de la cara de Harry. ¡Swish! Harry sabía lo que estaba pasando. Este era el famoso truco de cuando aparece el brazo o desaparece el

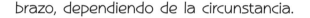

brazo, dependiendo de la circunstancia.

Mientras el brazo derecho pasaba al frente del brazo izquierdo, los ojos del público se quedaban viendo al brazo que se movía. Swish! ¡Una vez que el brazo derecho estaba fuera de la vista —pau!—al frente del público había un objeto en las manos del mago.

En este caso, Harry se quedó viendo a la mano izquierda de Samson. Ahí en su palma habían tres fantásticas varitas. Cada una hecha de madera y barnizada hasta que brillase. Inmediatamente, Harry tensó sus músculos. Llevó su mente, corazón, cuerpo y alma a un enfoque total. Él sabía que esta era una prueba de Samson Dupree. Harry entendió después de leer el Grimoire que la vida tiene muchas pruebas. Claro, Samson confía en mí, ¿pero realmente conozco el material? Espero que sí.

"Sabes, claro, esta varita no es una que puedas comprar en un juego de magia de Elvis Gold", dijo Samson. Harry caminó hacia Samson casi con reverencia. Miró a las varitas.

"¿Es esta la varita que obtiene su energía del

cosmos?"

"Una de ellas lo hace," dijo Samson. "escógela".

"¿Puedo inspeccionarlas?" Preguntó Harry.

"¡Creo que lo tienes que hacer!" Samson con una risa. "De otra forma, ¿cómo lo sabrías, Harry Moon?"

Harry había venido a la tienda desde que tenía memoria. Sí, él amaba este lugar. Sí, ese lugar era su hogar. Pero no le gustaban las pruebas mucho, aunque sabía que las pruebas eran parte de la vida. Siempre se preocupaba de que las fuera a hacer mal. "Sé valiente amigo mío," Samson solía decir.

Sacando la varita del medio de la mano de Samson, Harry la pasó entre sus dedos. La puso contra su nariz y la olió como un señor podría oler a un cigarro. "Entonces ¿es ésta la que tiene el poder de la luna y el sol, y obtiene el poder del viento?"

"Una de ellas lo hace," dijo Samson. "dos de ellas no lo hacen".

41

Harry puso la varita brillosa en el mostrador. Era un poco más clara en tono que las otras dos que estaban en la palma de Samson.

"¿Por qué no la escogiste?" dijo Samson.

"Esa varita está hecha de madera de acebo. El acebo no tiene el poder de contener el Sanctum Vinculum. Ese tipo de madera se utiliza para los trucos de mesa".

Samson alzó la ceja izquierda. Afirmó con la cabeza y sonrió. "Muy bien".

Harry le lanzó al viejo una mirada bastante furtiva para un chico de 13 años. El brillo del viejo se juntó en una poderosa luz mientras veía con sus dos ojos al pequeño Harry Moon.

"¿Entonces, Harry, cuál varita será?" Preguntó Samson. Sostenía los dos pedazos de madera en su palma. El sol entraba por una ventana. Un rayo de sol brilló en las dos varitas.

Harry sacó la segunda varita de la mano de Sansón y la hizo rodar en sus dedos. La puso contra su cara. La puso contra su cara, algo que a su nariz no le gustó. "¡Qué asco!" Dijo

Harry mientras retraía la varita de su nariz.

"Esta varita es del árbol de tejo. El árbol de la muerte. Es agria. Se utiliza para la magia negra. Estoy sorprendido de que la vendes aquí", dijo Harry.

"¿Quién dice que la vendo? La estoy usando para tu prueba, nadie debería tenerla," dijo Samson.

El viejo mago abrió su mano derecha vacía y dirigió su poder hacia la varita hecha de tejo que Harry tenía. Al hacerlo, la varita brilló con el fuego. Harry soltó la varita de entre sus dedos. La varita mágicamente flotó en el aire mientras las llamas la consumían. Y después las cenizas flotaron como hojas de otoño hasta el piso.

43

"Responde este acertijo," dijo Samson.

"Dímelo". Harry observaba a la única varita que ahora estaba en la mano de Samson.

"¿Cuál es el regalo más grande que tenemos?"

"La vida," respondió Harry.

"Más allá que eso. ¿Cuál es el mejor regalo en nuestra vida?" Preguntó Samson con mucha emoción.

"La habilidad para escoger," dijo Harry.

"Exactamente!" dijo Samson. "¿y por qué estás escogiendo esta última varita?" Harry miró cuidadosamente la varita en la mano de Samson antes de dar sus razones. Él sabía en su corazón que esta era la varita.

"Viene del árbol de la vida. Sé que está hecha de las ramas de almendra porque como estudié, vi que esta rama una vez tuvo las flores y las almendras de un almendro. Tal como la vara hecha de almendro que utilizó Moisés para liderar a su pueblo fuera de Egipto".

"Muy bien, mi Harry. No escogiste la ilusión de la madera de acebo ni el veneno del tejo. Escogiste bien. Has escogido bien. Deberías saber gracias a tus estudios que con esta varita vieja y poderosa viene mucha responsabilidad. Tienes que observar con cuidado. Otros van a quererla y tratarán de quitártela".

Después de decir eso, Samson dio vuelta a su palma, y la varita cayó flotando en el aire. Esta flotó como una nube en la mitad de la tienda de magia de Sleepy Hollow.

"Aprenderá tu voz. Y vendrá cuando tú la llames".

Harry miró al pedacito de madera suspendido en el aire. "¿Tiene nombre?"

"Varita".

"Ven aquí, chico. Ven, Varita".

"No es un perro. Es una varita".

"Claro!," dijo Harry. Su cara se puso roja de la vergüenza. Abrió su mano y dijo con una voz suave. "Ven a mí, varita".

La varita voló por el aire, y Harry la agarró con su mano. Se sentía bien entre sus dedos como si siempre debió haber estado ahí.

"¿Tengo poder ahora?" preguntó Harry, apretando la varita entre sus dedos, buscando un buen agarre como cuando se saluda con la mano a un amigo.

"Tú siempre has tenido poder. Todos tienen poder, Harry. Pero ahora tienes acceso a más fuerza. Esta varita recoge muchas fuerzas físicas y espirituales. Nunca lo olvides, Harry Moon, toda la magia viene del gran misterio profundo del gran mago. En la vida, hay aquellos que la abusan y la utilizan mal. La buena magia estará ahí para ti. Pero tú serás su maestro".

De repente, él tenía miedo. "Samson, ¿de verdad crees que estoy listo?"

"Yo voy a mandar a alguien para que te ayude, Harry. Este te va a guiar y te va a animar a usar tus poderes por medio de la varita".

"¿Quién?"

"Lo sabrás pronto. Como yo, tú también eres un viajero, Harry. Un turista va a un lugar y ve con los ojos. ¿Un viajero? Él va a lugares y ve con su alma. Mira con tu alma, y él vendrá por medio de un dador amigable".

SARAH SINCLAIR

Fue en la práctica para la competencia de talentos, al siguiente día, cuando comenzó la magia de Harry. Samson Dupree estaba en lo correcto. Había buena magia en esta cosa. Harry había sacado la varita mágica de madera del almendro de su mochila. Cuando regresó a ver, allí estaba ella. Sarah Sinclair—la chica que le cuidaba cuando era niño. Era alumna del penúltimo año en Sleepy Hollow High.

Cuando Harry recogió la varita, Sarah Sinclair salió de las obras del auditorio al escenario. Parecía risueña—como si algo fuese a suceder— como si Harry Moon fuese a ser sorprendido.

"Sarah", exclamó Harry "¿qué estás haciendo aquí?"

"Vine a la práctica. Miss Pryor me llamó y dijo que, si venía, te podría ayudar".

Ese es el mejor tipo de magia posible, pensó Harry, parado en el escenario prácticamente en la punta de sus pies. El verano pasado, Sarah se vistió con los pañuelos de un genio, ella había sido la asistente de Harry en los shows de magia de verano que él hacía en el patio de su casa. Harry y Sarah hacían un equipo dinámico muy bueno. Ella era la chica de la caja, a la que Harry tenía que serruchar en dos partes.

Era la que guardaba los pañuelos mágicos y el sombrero.

Sarah se rio atrás del escenario en la mitad del auditorio de middle school. "Okay," dijo riéndose, "tengo una sorpresa para ti".

Harry miró a Sarah, pensando en lo hermosa que era. Ella estaba en el mismo lugar de emoción, sus zapatos estaban bailando tap en el escenario. Sus mejillas estaban de color rojo.

"Ahora cierra tus ojos," dijo ella. Él lo hizo". Ahora ciérralos bien y pon tus manos sobre tus ojos".

Cerrando sus ojos fuertemente y estando parado firmemente, Harry estaba listo. "Muéstrame".

"No soy muy buena con esto," dijo Sarah casi sin aliento, "pero espera un segundo y voy a estar lista".

Harry podía escuchar la conmoción en el fondo. Él sentía cómo se movía el sombrero de la mesa mágica.

"¿Estás lista?" le preguntó él.

"Sólo unos segundos más," dijo ella mientras escuchaban más y más sonidos. "Okay . . . ¡AHORA!"

Cuando se quitó las manos de los ojos, ahí estaba el amor de su corazón, Sarah Sinclair, paradita con un saquito color azul cielo, con un sombrero negro vacío en sus manos.

"Ahora para la parte divertida," dijo ella. "¡No te rías! ¡No soy tan buena como tú! ¡Hocus Pocus y Raz-a-matazz y todas esas cosas!"

Ella terminó de decir el encanto, Sarah puso su mano en el sombrero y sacó de ahí el conejo más hermoso.

Era un arlequín, un conejo de orejas disparejas. Era todo blanco, excepto por sus patitas y los colores en su cara y orejas que eran tan negros como el pelo de Harry. Parecía que al conejo le había pegado un pastel de payasos, lleno de tinta.

Sarah casi gritó de la emoción cuando vio cómo se abrieron los ojos de Harry.

"¡Oh wow!" exclamó Harry, mientras extendía sus brazos como una persona que camina dormida hacia el conejo. "¡Un conejo de verdad!"

"¡Harry Moon!" Ella dijo con gozo. "¡Conoce a tu nuevo conejo!"

"Tan hermoso," susurró él.

Sarah mostró su sonrisa más hermosa al saber que su regalo era tan felizmente recibido. Ella le dio el conejo gigante a Harry. Él abrazó al conejo contra su pecho y lo acarició con su quijada.

"Hola, te voy a poner de nombre 'Rabbit'", dijo Harry mientras abrazaba al lindo conejo. Harry miró a Sarah con toda la dulzura de su corazón. "¡Gracias! ¿Cómo hiciste para poder comprarlo?"

"No fue nada, realmente, Harry... Cualquier cosa para mi mago especial. Visité a aquel hombre de la tienda de magia de Sleepy Hollow y le dije que quería comprarte un conejo para tus trucos".

Ella sonrió. "Él dijo que este era un conejo muy especial y que te traería un poco de magia especial. Eso es divertido, ¿verdad? Y no te preocupes, Harry. Titus Kligore no te llega ni a los talones".

Obviamente, alguien le había contado a Sarah cómo Titus había sido un bully con él.

Sarah vio que Harry iba a llorar. Le agarró a su conejo, abrazándoles rápido como para quitarles las lágrimas de los ojos. Tenían mucho que practicar.

"¿Crees que deberemos usar a Rabbit en la competencia de este sábado?" Preguntó Harry.

"¡Claro! Que todos lo vean," respondió Sarah.

"¿Quieres practicar?" preguntó Harry.

Entonces Harry, Sarah y Rabbit empezaron a trabajar y perfeccionaron su presentación para la noche del sábado.

RABBIT

"¿En dónde está el nuevo truco de magia?" preguntó Honey Moon. Ella había entrado al dormitorio de Harry para que éste le ayudase con sus deberes de álgebra.

"¿No te parece que Rabbit es chévere?" preguntó Harry mientras acariciaba el pelaje de Rabbit. Rabbit y Harry estaban sentados en la cama.

"Es tan chévere que ni siquiera está allí," dijo Honey Moon.

"¿Qué quieres decir?" preguntó Harry. "¿No puedes ver a Rabbit?"

"Cuando te dije que tienes que encontrar un nuevo truco de magia, no quise decir que te tienes que volverte loco".

"¿Qué?" dijo Harry, mientras miraba al conejo grande, tan grande, con su cara marcada con las marcas blancas y negras del arlequín.

"No hay ningún Rabbit en ninguna parte," dijo Honey Moon, mientras jugaba con su cabello dorado.

De repente Rabbit le habló a Harry. "¿Qué quieres de mí?" le preguntó Rabbit. "La mayor parte de la gente no me puede ver, entonces tienes que ponerme en un truco y ahí ellos podrán ver".

Harry miro a Rabbit de lado, sorprendido de que él pudiese hablar.

"¿Truco? ¿Qué quieres decir?" preguntó Harry.

"Deja que Honey me saque del sombrero. En el truco, ¡ahí estaré!"

Harry corrió a su escritorio y agarró su sombrero de la silla. Puso el sombrero en la cama. Agarró a Rabbit y suavemente lo puso dentro del sombrero.

55

Harry extendió el sombrero y le mostró la parte de adentro a Honey.

"Vacío... ¿Verdad?"

"Vacío como tu cabeza," se rió Honey, torciendo los ojos a su hermano mayor. "Ni siquiera sé por qué te pido que me ayudes con el deber de álgebra".

"Entonces, con un abracadabra" dijo Harry, "te voy a pedir que pongas tu mano dentro del sombrero y saques a Rabbit".

"Lista," dijo ella.

Harry sostuvo el sombrero en sus manos y sacó su nueva varita mágica de madera del almendro y la movió por encima del sombrero negro.

"¡A B R A C A D A B R A!" dijo Harry. "¡Sal de ahí, Rabbit!"

Harry extendió al sombrero. "Ok, Honey. Pon tus manos dentro sombrero y saca al conejo".

Honey viró los ojos por segunda vez. Con una sonrisa en la cara, ella caminó hacia Harry y hacia el sombrero. Y metió su mano derecha dentro del sombrero. "Eres un idiota, Har-rold".

"¡Aja! ¡Claro! ¡NADA!" dijo ella mientras sus dedos tocaban los lados del sombrero.

"¡Busca más adentro!" dijo Harry con una voz de comando.

Honey metió su brazo en el sombrero hasta que casi había desaparecido. "¿Qué cosa?" preguntó, al sentir algo. Y luego gritó.

Al sacar la mano, ahí estaba Rabbit. Primero sus largas orejas y sus ojos—y después más, mientras ella lo sacaba completamente del sombrero. Es más, Rabbit era tan grande que ella tenía que agarrar sus caderas con su mano izquierda para poder sacarlo completamente con sus brazos.

"Wow," dijo ella. "Eso fue espectacular. No tengo idea de cómo hiciste eso. ¡Él es pesado! ¿Cómo se llama?"

"Rabbit," respondió Harry.

"Buen nombre," dijo ella. "¿Cuánto pesa?"

"No lo sé," dijo Harry.

Agarrando a Rabbit con las dos manos, Honey casi no podía abrir la puerta del dormitorio.

Harry le siguió a Honey mientras iban arriba al cuarto de sus padres.

Su mamá estaba en el lavabo lavándose los dientes cuando Honey entró al baño y puso a Rabbit en la balanza.

Mary miró hacia abajo para ver a su hija que estaba arrodillada frente a la balanza.

"¿Qué estás haciendo, Honey?" preguntó Mary.

"Ella está pesando a Rabbit," explicó Harry.

"Ya veo," dijo Mary. Pero, por supuesto, en este punto, ella no vio absolutamente nada.

"¡Wow! dijo Honey, mientras el peso completo de Rabbit estaba en la balanza y la aguja se movía hasta quedar quieta. "¡Nueve libras y media!"

"Es más de lo que yo esperaba," admitió Harry, meneando la cabeza.

"¿Y para qué exactamente están pesando, ¿Qué le dijiste al conejo?" preguntó su mamá.

"Necesitamos asegurarnos de que tenemos un sombrero lo suficientemente grande," dijo Honey. "No puede, con su tamaño, romper el sombrero la noche del sábado. Eso arruinaría el truco".

"Claro," dijo Mary mientras seguía lavándose los dientes.

Cuando volvieron al cuarto de Harry, Honey ya se había olvidado del álgebra, pero de alguna manera, ahora ya sabía las respuestas.

"Realmente me has sorprendido, Harry".

"¿Cómo así, Honey?"

"Cuando te dije que necesitabas mejores

trucos, realmente lo conseguiste—en gran manera".

Después de decir sus oraciones de la noche, Harry subió a la cama y Rabbit estaba en la parte de abajo.

Como siempre, Harry miraba al techo antes de dormirse. Pero ahora, él podía sentir el calor de Rabbit en los dedos de sus pies.

"¿Rabbit?"

"Sí, Harry".

"¿Cómo funciona esto?", preguntó.

"¿Cómo funciona qué?"

"Tú".

"Bueno, soy como el bien... Cosas buenas como la bondad, mansedumbre y el autocontrol".

¿Cómo es eso?"

"Solamente porque no las puedes ver no significa que no existen".

"Ajá".

"Acuérdate, mi amigo humano, las cosas más importantes de la vida no se pueden ver".

62

LA VARITA

Habían doce actos que competían por el primer premio en la Show de Talentos Tenebroso. Como era la tradición, el show siempre hacía un repaso de vestimenta el jueves en la noche, antes del sábado. El orden de los participantes siempre se decidía sacando los números de un sombrero.

Al sacar los números del sombrero, el show comenzaría primero con gran ímpetu—Titus Kligore y los maniáticos serían primero. Los trabajadores de Chillies habían hecho un gran trabajo al construir el set y los disfraces para Titus y sus amigos. Su música era divertida y dinámica. Además de esto, su coordinación era muy buena, ya que eran atletas.

Harry y Sarah se sentaron con el resto de los actos en los asientos frente al auditorio. Con su cuaderno listo, la hermosa Miss Pryor conducía el repaso con la precisión de un gran sistema operativo ya probado.

Todo lo que Harry podía pensar era que su mamá le había dicho: "Gánale con *excelencia*".

Sentado al frente del auditorio, Harry miró a los Maníacos. Titus era Freddie. Él era el cantante principal. Jason, Jigsaw, y el Hombre Lobo hacia las melodías. Ellos bailaban con la canción. El baile parecía como de una tribu. Harry se preguntaba cómo iba a ganar a estos bullies con "excelencia".

"Donde hay ganas, siempre hay una manera", dijo Rabbit.

"¿Qué?" dijo Harry. "¿Puedes leer mi mente?"

"Por el amor de Dios, Harry, no hay secretos. Además, nos deberíamos concentrar en lo que nosotros podemos hacer, no en lo que ellos pueden hacer".

65

"Tienes razón, Rabbit," dijo Harry mientras veía al ser espectacular que el dinero y sus padres habían construido. "Simplemente no es justo" dijo Harry. Colgando el sombrero entre sus dedos.

"¿Quién dijo que la vida era justa? ¡Estamos hablando acerca de la *excelencia!*" Le hizo recordar Rabbit.

"Okay, Okay," dijo Harry mientras veía sorprendido. Los maníacos hasta tenían árboles góticos y vallas que se movían con un programa de computadora, cortesía de Chillie Willies. Cuando los maníacos habían terminado con "Let's get Hysterical," se sentaron al frente del auditorio con el resto de los competidores.

Mientras Titus Kligore caminaba por el pasillo, se aseguró de poner la mano en la cabeza de Harry e hizo un gesto de cortar el cabello con sus dedos.

"La próxima vez lo voy a cortar desde el cuello hacia arriba," dijo Titus con una risa. Harry suspiró.

66

"Suficiente, Titus Kligore," decía Miss Pryor. Ella no se sentía intimidada para nada por Titus, aunque él era una cabeza más alta que ella. Después de todo ella era profesora.

El protocolo para la competencia era ser amable y demostrar buen espíritu competitivo. Cualquier persona que no se adhiera a las reglas sería suspendida del show. Harry no iba a acusarlo, porque a nadie le gusta un soplón en Middle School de Sleepy Hollow. A veces, se pensaba, que un soplón era aún peor que un bully.

Durante todo el repaso, Titus y sus maniáticos gritaban y silbaban cuando se acababa un acto, especialmente aquellos que eran más débiles, como el de Carrie Taylor con su canción de Casparin, o Tanner Douglas y sus hermanas gemelas con "Zombie Mash".

Cuando Harry y Sarah fueron al escenario como último acto, Titus se paró antes de que pudieran decir una palabra y gritó "¡Tontos! ¡Tontos! ¡Tramposo! ¡Eso no es justo, Moon!"

"¡Titus, toma asiento!" gritó Miss Pryor desde el costado del escenario.

67

"Pero, Miss Pryor, Sarah Sinclair es estudiante del penúltimo año," Titus respondió. "¡Ella no debería ni estar aquí!"

Miss Pryor, sabiendo que Titus se quejaba de todo, ya estaba preparada. Con un suspiro, agarró el manual de la competencia de su cuaderno y leyó la regla cuatro, sección G.

"Hasta tres adultos pueden ayudar al participante a preparar o ayudar durante la presentación dentro o fuera del escenario. Ellos sólo pueden ayudar, y no pueden participar en el acto, por ejemplo, cantando, bailando, tocando un instrumento, haciendo malabares o haciendo magia". Ella miró por la parte de arriba de su cuaderno y simplemente dijo. "Sarah Sinclair es una adulta, y solamente está ayudando. ¡Ahora siéntate, Titus!"

Titus se sentó molesto en la silla del auditorio mientras Sarah estaba emocionada de que le hayan dicho "adulta". Con una confianza madura que ella no conocía, Sarah se paseaba por el escenario. Estaba vestida como un genio, con las telas rosadas del disfraz cayendo a sus lados.

La increíble presentación de magia de Harry Moon comenzó con la característica ya marcada en sus presentaciones, saludando al público con su sombrero negro.

"Raro. Se parece al hombre del juego de monopolio el cual dice que no pases Go", le dijo Titus a su amigo Finn Johnson. "QUE ABURRIDO!" Dijo él lo suficientemente alto como para que todos escucharan.

Harry sacó los pañuelos mientras Sarah delicadamente los adjuntaba a su disfraz. Había tantos de ellos que Sarah parecía flotar con tantos colores.

"Se parece a pie grande con algodón de azúcar". Dijo Titus mientras sus compañeros se reían de lo que decía. La presentación de Harry Moon era buena como siempre, pero no había ningún truco nuevo – no todavía.

"¿Puede ver, señorita Sinclair?," preguntó Harry "¿Esta vacío?" Mientras mostraba su sombrero.

69

Con sus muñecas golpeando las pulseras doradas que estaban alrededor de ellas, Sarah metió sus manos al sombrero.

"¡Sí, sí está, Señor Moon!" exclamó ella con una voz firme.

"Ahora moveré mi varita mágica sobre el sombrero," dijo Harry con su capa roja y sus zapatos brillantes. "Esta varita mágica está hecha de madera del almendro—la misma madera del almendro que en tiempos pasados, hizo que llovieran ranas desde el cielo, y que se divida el mar para la gente que salió de Egipto".

"¿Qué diablos?" dijo Titus. "Él está blasfemando".

"¿Qué significa *blasfemar?*" preguntó Finn.

Titus y Finn miraron el resto de la competencia mientras Harry movía su varita sobre el sombrero, diciendo, "¡A B R A C A D A B R A!"

Con Sarah sosteniendo el sombrero, Harry metió las manos dentro de este y sacó de este un conejo blanco y negro con orejas largas. Harry seguía sacándolo mientras Sarah sostenía el sombrero. Mientras aparecía lentamente aquel conejo arlequín, el conejo parecía medir lo mismo que Harry. La gente de la competencia empezó a aplaudir alocadamente, moviendo sus cabezas. No hay manera posible de que un conejo de ese tamaño pudiese entrar en ese sombrero tan pequeño.

Rabbit se paró en sus patas e hizo una reverencia hacia el público, asintiendo para tener su aplauso.

Con todo su odio, Titus se paró. "¿Qué pasa?" dijo Titus a Finn. "Todo eso del conejo no es justo! ¿Quién vio alguna vez a un animal hacer una reverencia así? Tiene que ser un robot o algo así. Moon es un tramposo".

Hasta Miss Pryor tenía una mirada de shock, mientras el conejo parecía antropomórfico.

"Ahora," dijo Rabbit con su voz suave para que sólo Harry lo escuchara, "toma tu varita y dime que me eleve".

"¿Qué? Eso no está planeado," susurró Harry por un costado de su boca, sin dejar de sonreír al público.

"Tú mismo dijiste que tienes una varita que puede hacer que lluevan ranas. Sigamos con esto".

Con el riesgo de ser completamente ridiculizado, Harry movió su varita hecha de madera de almendra encima del arlequín. Y le dio la orden, "¡elévate, Rabbit!"

Inmediatamente las orejas de cada lado de la cabeza de Rabbit se pararon como si fuesen postes de teléfono. Sus patas del frente como si fuese a nadar. Entonces, como si el aire alrededor de él se convirtiese en la densidad del agua, Rabbit comenzó a mover sus brazos, y se levantó hacia arriba en el escenario. El conejo nadó más alto en el aire. Sarah con una mirada de sorpresa, abrió sus brazos hacia la audiencia. Abrió su boca del asombro.

Los concursantes en las filas del frente miraron cómo el conejo arlequín nadó por encima de Harry y Sarah en el escenario. No habían cables ni cuerdas que estuvieran realizando este truco. Rabbit, después, frotó en su lado, y usó sus caderas para patalear para saludar a la gente como una reina de belleza en un desfile.

Sarah sonrío, y por un costado de su boca, le susurró a Harry "creo que ya debemos hacer que baje".

Harry miró al conejo. "¡Regresa, Rabbit!" dijo finalmente, poniendo una cara que parecía que esto era algo normal.

Rabbit nadó hacia abajo como si fuese un globo de fiesta perdiendo su helio. En la

mesa estaba su sombrero negro. Con gran compostura, Rabbit se dirigió a la apertura del sombrero, metiendo su pelo blanco y negro dentro del sombrero como si fuera leche que se pone en un vaso.

Una vez que Rabbit desapareció, Sarah recogió el sombrero de la mesa y demostró a los participantes que ahora el sombrero estaba vacío. Con una gran sonrisa, se dio la vuelta y puso el sombrero en la cabeza de Harry. Los dos hicieron una reverencia y salieron del escenario.

Los otros concursantes aplaudieron eufóricamente, excepto Titus. Su padre era el dueño de Chillie Willies y también era el alcalde. Si no ganaba esta competencia de Middle School, de alguna forma Titus estaba decepcionando a su padre. A su padre no le gustaba que le decepcionen. Titus tendría que hacer algo acerca de esto. Cerró sus puños, tal como lo hicieron los otros maníacos, siguiendo el ejemplo de lo que hacía su jefe.

"Bueno, vaya cosa," dijo Miss Pryor, obviamente estamos un poco movidos por lo que acabamos de ver. Se dio la vuelta hacia un profesor sentado al lado de ella, "¿Qué fue eso?" Dijo con los labios. Recobrando su compostura, Miss Pryor regresó a los participantes. "Gracias, participantes, por una práctica tan interesante! Los veré a todos a las 6:00 de la noche mañana. Va a ser un show interesante. Los chicos de la parte técnica, por favor quédense, porque debemos discutir algunas cosas".

Cuando estuvieron detrás del auditorio, Harry y Sarah estaban parados en silencio, tratando de comprender qué fue lo que pasó. La sonrisa de Sarah desapareció.

"¿Qué acaba de pasar?" le preguntó a Harry.

Harry la miró. Sin saber lo que iba decir, sin embargo, sabiendo que era verdad. Pero de alguna forma, algo entre la varita y Rabbit había sucedido, algo increíble había sucedido. Su corazón latía contra sus costillas.

"¿Qué pasó, Harry?" Preguntó otra vez Sarah. Esta vez estaba como desesperada. Harry no podía decir nada. Pero cuando lo dijo salió sólo una palabra.

"Magia".

76

Malas Travesuras

Harry caminó a la casa solo. El viento era fuerte, soplando a los árboles, moviendo las ramas, quitándoles sus últimas hojas, haciendo que el pequeño pueblo se alistara para un Halloween espeluznante. Mientras Harry miraba al horizonte oscuro, los árboles parecían esqueletos que iban a una reunión desconocida para los muertos.

Pero Harry no tenía miedo. Aunque esta era la misma escena de cuando Titus Kligore le hizo daño la otra noche, él tenía a su conejo y a su varita mágica. Estaba todavía demasiado emocionado de la magia real de aquella noche, cuando Rabbit había pasado por encima del escenario con el sonido de un impresionante aplauso.

Él sacó de su mochila su varita mientras caminaba con el conejo invisible a su lado. Viró su cara hacia el árbol de castañas y movió su varita, diciendo, "¡A B R A C A D A B R A!"

Cuando dio esa orden, las hojas salieron de las ramas y el árbol floreció. En momentos, el árbol estaba lleno de castañas. Harry parpadeó mientras las castañas crecían en las ramas hacia la acera y el patio.

Él miró hacia una pared de piedra que rodeaba el patio de los Meldrum. Con sólo ver tres de las piedras, Harry movió su varita otra vez, pero encima de la pared, diciendo "¡A B R A C A D A B R A!"

Con ese conjuro, las tres piedras se

convirtieron en tres calabazas grandes que ahora estaban encima de la pared. Harry sonrió al ver la magia que había creado. Él pensó un poco más y movió la varita otra vez. Las calabazas se convirtieron en Jack O'lanterns con ojos grandes. Cuando una de las linternas naranjas le guiñó el ojo a Harry, él se asustó, corriendo un poco en la calle.

Harry corrió tan rápido que no se dio cuenta de la figura tenebrosa del frente. Él corrió directamente hacia esa figura, cayéndose en su trasero, rodando hacia el patio de los MacDougal.

Desde el césped, Harry pudo ver la silueta de la gran figura al estar contra la luna de la cosecha. El corte de pelo corto y la quijada de una linterna no podía ser otra persona aparte de—¡Titus Kligore!

"¡Dame esa cosa!" Titus le ordenó, su silueta estaba encima de Harry.

"¿Que te dé qué?" preguntó, sabiendo muy bien lo que él quería decir. Harry y Rabbit, los dos cayeron al suelo. Claro, Titus no podía ver a Rabbit, solamente podía ver la varita mágica en la mano de Harry.

"La varita," demandó Titus.

"No va a funcionar para ti. Tú no eres un mago" dijo Harry mientras abrazaba su varita

de almendro en su pecho.

"Si funciona para ti, también funcionará para mí," insistió Titus, mientras se agachaba hacia el suelo. Él agarró el cuello de Harry con una mano y con la otra le quitó la vara del puño que había hecho Harry.

"Ahora veamos quién es el mago aquí," dijo Titus. Movió la varita hacia Harry "iAberkeydaba," dijo, "convierte a este geek en popó de perro!"

Titus esperó. Harry siguió en el suelo.

"¿Ves?" dijo Harry, irritado. "No va a funcionar para ti"

"Oh, va a funcionar para mí, pequeño" se burló. "No te preocupes".

"¡No estoy preocupado!"

"¡Aberkeydabyou! ¡Lleva a Harry a la prisión!" gritó Titus mientras movía la varita, apuntando al chico de octavo grado que estaba a sus pies. Titus dio su orden con muchos ademanes, pero sus gestos no tuvieron éxito en mandar a Harry desde el patio de los MacDougal a la cárcel de Sleepy Hollow.

Molesto, Titus agarró la varita en las dos manos y trató de romperla en dos como si fuese un hueso del pavo del día de gracias.

"Qué pena hombre. Eres muy débil. No tienes la fuerza para romper su poder," dijo Harry, burlándose desde donde estaba en el césped. Él tenía razón. Sin éxito alguno, Titus lanzó la varita a través del patio de los MacDougal. Con las dos manos, levantó a Harry y puso su espalda contra el roble.

Titus era gigante. Era difícil para Harry luchar con él.

"Entonces, ¿qué vamos a hacer esta noche, Harry Moon?" Lo que no va a hacer la varita. Y definitivamente no va a hacer el papel. Me imagino que van a hacer las tijeras".

Slish. Slash. Salieron las tijeras. Las hojas de ésta brillaron a la luz de la luna. Harry pidió su varita, pero ésta no obedeció. En su mente, él podía ordenarla como quería, tratando de que venga a su mano. Él recién estaba aprendiendo su magia, y la varita no quería venir.

Al principio, Harry pensó que Titus estaba tan enojado que iba a poner las tijeras en sus ojos. Pero estas siguieron arriba de sus ojos, y Titus cortó su cabello. Slish. Slash. Slish. Slash. caían pedazos del cabello. Muchas veces las puntas de la tijera le cortaban su cuero cabelludo.

Una vez que Titus había quedado satisfecho, y el pelo de Harry estaba en la acera, Titus lo miró y se rio de él.

83

"Te pareces a mi perro Oink cuando le afeitamos en el verano. Vas a estar feliz con esto, Harry Moon. ¡No subas a ese escenario hasta que te vuelva a crecer el cabello!"

Harry estaba furioso, pero sabía que no debía decir nada. Sabía que no iba a funcionar hacer enojar a Titus aún más, hasta que hubiera algo que él pudiera hacer.

Titus se dio la vuelta y caminó hacia las obras. Mientras él se movía, Harry trataba de gatear por el patio. Estaba muy alerta buscando su varita mágica.

"¿Dónde estás varita? ¿Dónde estás?" dijo él, gateando por el césped. Pero parecía que estaba solo. Harry hasta se había olvidado de Rabbit.

Ahí estaba la varita, junto al jardín, entristecido debido al otoño, jardín en donde la señora MacDougal había ganado su premio por sus gardenias.

Mientras Harry trataba de agarrarla, su miedo se convirtió en valentía. Él gritó hacia las sombras, "¡no tan rápido, Kligore!" Su voz llena de venganza y de ira.

Mientras Harry agarró la varita y se paró, él vio a Titus Kligore caminando de la oscuridad hacia el pequeño mago. "¡Ahora vas a ver lo que es la magia real!" dijo Harry.

"Te voy a cortar la cabeza tan bien como el Horseman de la plaza," dijo Harry. "¡Después voy a esconder tu cabeza para que pases bus-cándola toda una vida!"

"¡Dale pues, hombre mago! ¡Hazlo!" gritó Titus, riéndose mientras estaba parado en la acera, ya no estaba en la sombra de los árboles, ya la luz de la luna brillaba en él.

Harry movió su varita hacia el bully. "¡A B R A C A D A B R A!" gritó Harry, "¡esconde su cabeza, que siempre esté perdida!"

Titus esperó por la magia, pero no pasó nada. Se río de Harry. Sorprendido, Harry trató otra vez con más venganza que antes. "Esconde su cabeza. ¡Que siempre esté perdida!"

85

"Esconder mi cabeza no haría mucho, pequeño. Para empezar, dicen que no tengo una" y con eso, Titus se río, moviendo su cabeza mientras veía el cabello de Harry. "Wow, ese peluquero fantasma sí que te cortó bien. Me imagino que por mucho tiempo no vas a ir a ningún lugar. Ahora acuérdate, ese fue el fantasma, no yo—o si no, tendré que venir y cortar el resto, tal como tú querías hacérmelo a mí".

Con la varita en la mano, terminadas sus ganas de hacer una mala travesura, Harry corrió hacia el otro lado de la calle, con su mochila en sus hombros. Titus miró como Harry desaparecía en las sombras. El bully estaba seguro de que Harry no iba a volver.

¡Y que definitivamente no iba a ir al Show de Talentos Tenebroso!

IMAGINA

Harry vio que la luz del patio delantero estaba prendida. Ya era tarde. Caminó hacia la puerta y miró el frente de la casa, pero no vio a nadie. En el vidrio, él pudo ver su reflejo.

"¡Oh no!" gritó. Él vio a un niño asustado con pedazos de cabello en su cabeza. ¡Ya se había ido la feliz, bien cultivada botella de tinta de cabello! A cambio, estaban los pelajes de animales muertos en la calle. Harry buscó su gorra en su mochila y la puso sobre su cabeza, por si acaso sus padres lo veían.

Entró sigilosamente por la puerta delantera

y caminó en puntitas de pies. Su padre estaba en la casa, mirando desde el pasamanos.

"¡Ahí estás!" exclamó su padre, con una gran sonrisa en su cara. Pronto estaba su mamá a las nueve, ya en pijamas y con una bata encima. "¡Mi hijo, el mago! ¡El teléfono había estado sonando tanto!"

Escuchando tanta conmoción, Honey Moon, ya en pijamas, vino al pasamanos y puso su cabeza por entre las barras para poder ver bien a su hermano. "Y no sólo nuestros celulares," dijo Honey, "sino también el teléfono de la casa. ¿Quién llama al teléfono de la casa? ¡Todos estaban llamando la noche de hoy!"

"¿Qué quieres decir?" dijo, poniendo su gorra sobre el desastre que era su cabello.

"Todos están hablando de tu magia en el repaso, y cómo hiciste que un conejo volara".

"Me imagino que sí," dijo Harry, todavía no estaba seguro de como hablar acerca de la cosa maravillosa que había sucedido durante el repaso.

"Escuché de Lila Davish," dijo Honey. "Su hermana es casparin en el Show. Ella dijo que tú deberías ganar la competencia mañana por la noche. ¡Eres el heeeeroe de Lila!"

89

"¡Ya para, Honey!" dijo Harry. "¿No puede alguien hacer excelente magia sin que tú te burles?"

"Está bien, está bien. ¡Vamos Harry!" dijo John, mientras bajaba las escaleras con sus pantuflas del Show original de Star Trek de los años 70. "Tú y yo vamos a comer un helado de chocolate para celebrar".

"¡Yo también voy!" dijo Honey.

"No, querida," dijo Mary. "Tu padre tiene algo que discutir con Harry".

Honey asintió con la cabeza como si ya hubiera entendido. Y con mala gana fue a su cuarto.

En la cocina, John comenzó a preparar el helado de chocolate. *Obviamente, papá me ha estado esperando,* pensó Harry. El chocolate caliente ya se estaba derretido en la cocina. *Esto debe estar súper mal,* Harry reflexionó mientras se hundía más en el taburete de la cocina. Se llevó su gorra más hacia su frente.

"¿No tienes calor?" Preguntó su papá. ¿No

quieres quitarte esa gorra?"

"Siento un poco de frío," dijo Harry. Lo último que quería hacer es admitir que Titus había cortado su cabello otra vez, que esta vez había acabado el trabajo. Y estaba diciendo la verdad. Su cabeza llena de pieles de animales muertos en el camino no estaba acostumbrada a tener tanto espacio libre ahí arriba. Harry y su papá hablaron un poco mientras John alistaba el helado, ya preparado por la sección sub cero de la congeladora.

"Harry, espero que entiendas que la magia que haces en el escenario son simplemente trucos," explicó su papá. Harry podía ver que la charla de su papá había sido ya preparada tal como preparó el helado.

"¿Trucos?" preguntó Harry.

"*Ilusiones.* Manipulas la realidad, pero no la estás cambiando".

"Oh, papá, ¿ya viste mi último acto? ¿De dónde crees que viene la fuente de esa magia?" preguntó Harry.

"Del mismo buen lugar de donde viene la magia para tu héroe Elvis Gold. Él es muy bueno".

"Oh papá, es mucho mejor que bueno. Él es un genio".

"Pero sí *entiendes*, Harry, que Elvis Gold es simplemente un charlatán. Su magia no es real". John puso el chocolate caliente de la olla en su helado.

"¿Quieres decir que todo es humo y espejos?"

"Exactamente, Harry. Yo sé que él es un gran mago. Pero, por definición, también es un fraude. Él no está realmente haciendo nada de eso. Pensemos. Al final, Elvis Gold es un gran *farsante*. Por eso dicen que es un *ilusionista*. Sólo quiero que te des cuenta de que lo que lees, esas tiras cómicas de superhéroes, es fantasía. Realmente, no estás haciendo que los conejos vuelen en el aire. Todo eso es fingido".

"¿Pero es posible, papá, tener magia real? Después de todo vivimos y respiramos solamente por el Gran Mago". John le dio a Harry un plato con crema batida. Harry puso esta en los dos helados.

"Aquí vamos otra vez, hijo. Tú sabes lo que el pastor McAdams dice acerca de esas cosas. Dices muchas cosas locas. Acuérdate, tú eres del pequeño pueblo de Sleepy Hollow, Massachusetts. Tal vez sería bueno que no pases tanto tiempo en el Internet. Te está llenando la mente con muchas cosas locas y que no son reales. Este es precisamente él. Obra a tu lado, incluso de noche, Harry. Tienes que ser más sensible a las cosas".

93

"Papá, no es el Internet el que me está dando estos pensamientos".

John puso unas cerezas encima de los helados. Le dio uno a su hijo Harry, y el otro para él. A John Moon no le gustaba cuando su hijo empezaba a hablar así. Él veía que, muchas veces, Harry cambiaba las palabras. Pero Harry conocía a su papá, y ya estaba leyendo sus pensamientos para poder defenderse.

"Papá, ¿no es mi imaginación parte de la mente que me dio Dios? ¿No hay cosas que solamente se pueden saber por medio del espíritu, y no de los ojos?"

A John no le gustaba para nada cuando Harry hablaba de su *espíritu*. ¿Qué sabía un niño acerca de estas cosas?

"Mira toda esa magia", dijo Harry. Comía un poco el helado. "¡Wow! ¡Está increíble papá! La gente saliendo de sus sepulcros, caminando en el agua, ranas cayendo del cielo, la gente enferma, sanándose . . . Todas son cosas imposibles, pero posibles porque alguien creyó. ¿O no pasó todo esto?"

"Claro que sí pasó, hijo"

"¿Y no nos dijeron que debemos creer? ¿No nos dijeron que íbamos a hacer cosas aún más increíbles? ¿Puede que seas tú o que sea yo? ¿No nos dijeron que íbamos a ser grandes magos también? Todo lo que quiero decir, papá, es que si alguno de nosotros tiene el don para ver lo que realmente es—Yo podría hacer una magia impresionante".

Su papá suspiró. "Mantén la magia pura, Harry.

No trates de hacer cosas que están mal".

Harry pensó, ¡cómo había tratado de separar la cabeza de Titus Kligore del resto de su cuerpo! *Okay, tienes razón, papá.* Entendió la sabiduría que su papá estaba compartiendo con él . . . con gran magia viene gran responsabilidad.

Acabaron sus helados, y Harry pensó, *considerando todo, esta conversación que tuvo papá conmigo fue buena.*

John cerró la puerta del frente y apagó la luz. Juntos, él y Harry subieron las gradas para ir a dormir. John puso su mano en la espalda de Harry. Harry puso su cuello poco hacia adelante con miedo de que su papá tratara de quitarle la gorra y acariciar su cabello.

Cuando Harry llegó a su cuarto, lanzó su mochila en el piso y corrió al espejo que estaba encima de sus cajones. Cerró sus ojos, tomó sus dos manos y se quitó la gorra. Respirando profundamente—como para tener más fuerza- abrió sus ojos y vio su reflejo.

"Oh, wow," dijo mientras veía al chico del espejo. Lo que quedaba de su pelo estaba en pequeñas partes. Su cabellera era un desierto de pelo y piel. Pensaba que se veía como Herman Melville Field después de que había pasado el huracán Dalila la primavera pasada.

"Quiero destruirle a ese tipo," dijo Harry, muy enojado. Cerró sus puños y miró al espejo. "Le voy a golpear—con varita o sin varita. Él va a ser quien no va a ir mañana por la noche," juró Harry. Miró con desagrado su reflejo en el espejo, poniéndose más y más y más enojado.

"Tu magia no funciona así," dijo Rabbit, mirando desde atrás a Harry. No ayudaba que Rabbit obviamente estaba tratando de esconder una risa detrás de sus patitas. "Tienes que dejar que la ira se vaya. La gran magia no se trata de venganza".

"¿Entonces, para qué sirve si es que no me hace más fuerte que los bullies?" Preguntó Harry, dándose vuelta del espejo.

"Vamos," dijo Rabbit. Rabbit abrió la puerta y caminó al segundo piso. Poniéndose bien firme la gorra en su cabeza, Harry le siguió a Rabbit bajando las gradas.

"Hola Rabbit," dijo Harvest, mientras iba por las gradas. "Yo amo Gogurt," dijo el pequeño, con cinco envases de Gogurt en sus manos— frutilla, mora negra y mantequilla de maní.

"Yo también," dijo Rabbit.

"Buenas noches, Rabbit. Buenas noches, Harry," dijo Harvest.

97

"¿Él te puede ver? ¿Cómo es eso posible? ¿No hay un truco para que te vea?" preguntó Harry mientras llegaban a la entrada.

"Los niños pequeños, los músicos, las mujeres embarazadas—generalmente, pueden ver lo invisible".

Harry siempre estaba aprendiendo de Rabbit. Mientras caminaba con él, Harry se tranquilizaba.

Rabbit con sus caderas blancas y negras rebotando, caminó a la cocina. "¿Te acuerdas de estos?" Rabbit mostró unas palabras pintadas arriba en la cocina. "Esto es lo que tu mamá pintó con amor", dijo Rabbit.

"Yo sé, yo he vivido aquí por un buen tiempo, ¿te acuerdas?"

"Entonces, deberías saber estas palabras son del corazón, lo cual es su intención. Léemelas Harry".

Harry no quería, pero sabía que esto iba a hacer feliz a Rabbit. Harry dio vuelta a la cocina mientras leía las palabras: "Amor, gozo, paz, paciencia, benignidad, bondad, fe, mansedumbre, templanza".

Harry miró a Rabbit. La cara manchada de Rabbit le miró a él.

"No veo venganza en esa magia, ¿tú la ves?" preguntó Rabbit.

"No, Rabbit".

"Sin embargo, sí veo templanza. Tu Rabbit y tu varita te van a servir Harry. Vas a tener una vida mágica. También más llena de problemas. Se nos ha dicho eso. Por eso es que siempre van a haber tiempos donde se necesiten héroes. No seas como Titus, Harry. Sé el héroe que debes ser. El mundo te necesita," dijo Rabbit.

Harry asintió con la cabeza, mirando las palabras que estaban en el techo. "Por eso es que está ahí la templanza".

"Exactamente," dijo Rabbit. "Tienes que contenerte para que la bondad pueda salir. Y eso toma práctica . . . mucha práctica. Necesitas practicar tanto como lo hacías con la desaparición de un brazo".

Cuando Harry fue a dormir esa noche, tenía mucho que pensar. Estaba ahí, despierto, mirando al techo. Con el brillo suave de la luna llena, su mente se encontró con su alma y durmió profundamente.

Las palabras tienen poder. Su significado corta el tiempo y el espacio, hasta la dimensión. Mientras Harry flotaba en las palabras de este sueño- escape—gozo, paz, benignidad—llegó a una gran puerta blanca. Caminó a la puerta y la abrió. La cruzó, y se encontró con las tres palabras más grandes que jamás había visto. Eran más brillantes que todo Times Square en Nueva York lo cual Harry había visto el año pasado cuando su familia fue a ver la Navidad Espectacular en el Radio City Music Hall.

Las palabras eran altas, más altas que Harry sin lugar a duda y tal vez más altas que Titus. No eran una pregunta, eran una declaración. Le hablaban a él, juntándose al alma de Harry.

"Sí," dijo Harry. "Sí, entiendo, ¡de verdad!"

De lejos, Harry escuchó los sonidos del reloj

de su abuelo que estaba en la entrada. Era ya la medianoche. A lo que se despertaba de su sueño, escuchaba más claramente los sonidos del reloj. En Sleepy Hollow la medianoche significaba la tradición de "la hora embrujada"—el tiempo desde la medianoche hasta la mañana era cuando cosas terribles, por leyenda, sucedían. Pero esta no era la hora embrujada para Harry.

Se despertó de pronto de su sueño como si los sonidos del reloj estuvieran en su oído. Se limpió la frente, estaba bañado en sudor. Se tocó la cabeza. ¡No lo podía creer! Saltó de su colchón y corrió hacia el espejo que estaba encima de su cómoda.

A la media luz del nuevo día, Harry Moon vio su reflejo. ¡Su cabello había crecido de nuevo! Respiró profundamente y lo tocó otra vez solo por si se había quedado en el sueño. Pero no, esto era real. Una sonrisa que iluminó la cara de Harry. No estaba sorprendido.

Al darse vuelta del espejo, las letras brillantes de sus sueños estaban en la habitación.

Prácticamente le enceguecieron. Para no olvidarlas, como generalmente olvida las cosas de sus sueños, Harry escribió las palabras con un marcador, en un papel, para nunca, nunca, nunca olvidarlas—del sonido, del poder y de la belleza de esas cuatro palabras . . .

NO HAGAS EL MAL

Sabado

"¿No se va a arrugar tu disfraz, hermano amado?" Preguntó Honey mientras comían su cereal en la mesa. Estaba mirando a Harry, quien ya tenía puesta su capa para el show de esa noche.

"El poliéster no se arruga," dijo Harry con autoridad.

Ella se frunció, miró a Harry más de cerca. Habían palabras en la camiseta de Harry, pero no podía leer lo que decían debajo de su capa. Harry estaba sentado al lado de Harvest en su asiento de bebe. Harvest no tenía tanta hambre, dado que le gustaba comer cinco Gogurts en la mitad de la noche. Aun así Harry jugaba el juego de contar Cherrios con su hermano de dos años.

"Uno," decía Harry, mientras le pasaba el primer Cheerio al puesto de su hermano. Harvest sonreía mientras agarraba el primer Cheerio y se lo metía en la boca.

"¡Uno!" decía Harvest después de haber comido el primer cereal. El juego continuaba con el número dos y el número tres y Harry decía, "qué buen chico que eres," después de cada uno. A Honey esto le parecía aburrido. Honey no podía ver más de lo que estaba escrito abajo de la capa de Harry. Estaba escrito a mano y con un marcador negro en su camiseta blanca.

"¡Diez!" gritó Harvest mientras completaba el conteo divertido con su Harry.

"Oye, Superman," dijo Honey, "¿Qué es lo que dice abajo de tu capa?"

"Oh, es sólo una cosa que puse para poder acordarme,"

"¿Qué necesitas recordar?" preguntó Honey con un poco de indiferencia. "Además de cuanto es dos más dos".

"¡Ta da!" dijo Harvest, uniéndose a la diversión. Le gustaba cuando Harry hacia magia con él.

Honey se acercó para ver la camiseta de Harry, cuando se movió su capa.

"NO HAGAS EL MAL," Honey dijo, leyendo las palabras lentamente como para dar más efecto. "Eso es simplemente sentido común. ¿Estás diciendo que esto de alguna forma es magia?"

"Ese es el punto, Honey. La magia puede ser buena y mala". Harry estaba mirando

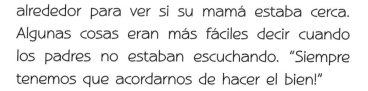

alrededor para ver si su mamá estaba cerca. Algunas cosas eran más fáciles decir cuando los padres no estaban escuchando. "Siempre tenemos que acordarnos de hacer el bien!"

"No hagas el mal. ¿Es ese tu nuevo dicho de superhéroe, o es tu nuevo nombre?" preguntó Honey. "Seguramente vas a ser muy importante después de la competencia de talentos de la noche de hoy. Planea el mercadeo. Estoy segura de que papá ayudará a abrir una tienda en el garaje. Tal vez necesitas un agente. Una Agente hermosa, e inteligente para los negocios".

"No. Guacala. Aléjate". dijo Harry. "La frase es más para mí que para nadie más . . . para recordar algo que no puedo olvidar".

Honey, de repente, estaba poniendo atención. Por primera vez, Harry estaba siendo real con ella, dejándola entrar. Honey no quería menospreciar esto con su hermano hablándole de vuelta con mala actitud.

"¿Qué quieres decir para no olvidar?"

Preguntó ella suavemente.

"Solamente no me puedo olvidar nunca de dónde viene la magia".

"¿Y de dónde es eso?"

"Del Gran Mago".

Honey negó con la cabeza.

"¿Estás tomando/consumiendo drogas? Me dijeron que todos lo hacen en Middle School".

"¡No, no lo estoy! Y no te burles de mi magia".

"En verdad, no te burles de su magia," dijo Mary Moon mientras ella caminaba en la cocina después de haberle llevado a caminar a Half Moon, el sabueso. La cara de Harvest se llenó de gozo cuando Rabbit entró a la cocina con su mamá y su perro.

"Hola, Rabbit," dijo Harvest.

"Hola, Harvest," dijo Rabbit.

"¡Quiero jugar contigo!"

"¡Lo haremos!" dijo Rabbit. Mientras pasaba por la cocina, él acarició a Harvest en la cabeza. "Tengo que terminar algo con tu hermano primero". Él sonrió mientras pasaba por la cocina hacia la entrada.

"Ése es mi Rabbit," dijo Harvest, orgullosamente.

Mary regresó a ver a su hijo sentado en el asiento de bebé. Su boca cubierta de leche y de cereales. Tomó el lado de su babero y limpió su boca.

"¿Harvest, tienes un amigo imaginario?"

"No, mami," dijo Harvest. "Él está ahí, ¿no lo puedes ver?"

Harry toco el brazo de mamá. "Generalmente, mamá, los conejos de magia sólo los pueden ver los bebés, las mujeres embarazadas y los músicos,"

"Quieres decir," preguntó Mary, "¿que gente muy intuitiva como los músicos o inocentes como los infantes?"

"Ajá," dijo Harry, "nunca pensé de esa forma".

"Gulp," aumentó Honey tomando el resto de su jugo de tomate. "Aparentemente, madre, San Harry tiene un conejo santo con el que solamente los hombres inmaduros de la familia Moon pueden conversar".

Harvest hizo una cara de desagrado y sacó la lengua cubierta de cereal.

"Lo siento, Harvest. ¡Pero nuestro hermano mayor nos está volviendo locos!"

Harry no dijo nada. Simplemente sonrió y en silencio apuntó a las palabras escritas en su pecho.

"¡Mira eso, madre!" Honey dijo apuntando a la camiseta de Harry. "Mira lo que Harry ha escrito en su camiseta. ¡La arruinó!"

Mary miró desde el lavabo donde estaba lavando los platos del desayuno. "Oh, ¡que lindo!" dijo ella. "No hagas el mal, deberíamos mandar esa camiseta al congreso".

En ese preciso momento, entró el papá de Harry.

"Mira, papi," persistió Honey, apuntando otra vez a la camiseta de Harry. "¡Mira lo que Harry hizo a su camiseta!"

"¡Qué bien Harry! Súper chévere. ¿más o

menos como terminamos la conversación de ayer de noche?"

"¿Qué?" dijo Honey.

"Yo debería recordar eso—lo practiqué," dijo John. "Por lo menos, mantén tu magia pura, Harry. No trates de hacer cosas que están mal".

"¡Exactamente!" dijo Harry, mientras daba vuelta a su cuerpo hacia su hermana, con una sonrisa coqueta.

111

"¡Harrumph!" exclamó Honey. "Esta familia se ha vuelto loca. ¡Seguramente, después, TODOS van a estar hablando con Rabbit!"

"No te metas con Rabbit," dijo Harry. "Él va a ganar la competencia volando hoy de noche".

"¿Qué tiene que ver un conejo con la excelencia?" preguntó Honey, muerta de la ira.

"¡Exactamente!" dijo Harry. "No puede ser excelente sin estar lado a lado con la buena

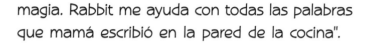

magia. Rabbit me ayuda con todas las palabras que mamá escribió en la pared de la cocina".

"Bueno," dijo John, mientras caminaba hacia Harry y jugaba con su cabello recién crecido. "Tengo una idea, amigo. Me gusta esto de NO HAGAS EL MAL. Tú y yo podríamos sacar esa máquina y hacer unas camisetas medio chéveres. Serian camisetas increíbles para mi rotativo. ¿Qué dices amigo?"

"¡Digo que eso suena increíble, papá!"

"¿Qué eres, Harry, un mago o un vendedor?" dijo Honey, "¡Ya decídete! ¡Me estás dando un dolor de cabeza!" Se bajó de su puesto y pisó fuerte el piso de la cocina con sus zapatos.

"Te puedo dar una aspirina, hija mía" dijo con calma Mary Moon.

Honey mantuvo su cabeza erguida. Estaba enojada, pero al mismo tiempo indomable. De repente, le cayó un poco de Cheerios. Miró hacia quien había sido el culpable. Harvest Moon, con sus dos manos abiertas, cubierto con las migas de Cheerios, los estaba

SABADO

lanzando hacia ella desde su silla, diciendo sus propios hechizos a Honey.

"A B R A C A D A B R A!" dijo.

LA APARICIÓN DEL BRAZO

Las noticias del conejo volador ya se habían esparcido por Sleepy Hollow. Todos querían ver al conejo que volaba. Entonces, a las 4:00 p.m. del sábado en la tarde, la venta de los tickets en línea ya había terminado. Por primera vez en su larga historia, la competencia de talentos estaba completamente agotada.

Un evento popular tradicional, la competencia de talentos siempre estaba llena, pero generalmente habían tickets disponibles en la puerta para aquellos que llegaban de último.

No esta noche. Esta noche iba ser la noche de Harry Moon. Esta iba a ser la vindicación de este pequeño, aquel que era demasiado pequeño para ser chivo expiatorio, y aquel que nunca podía conseguir una chica. Este era simplemente el deseo de ser lo mejor que uno puede ser.

"¡Eso es lo que trabajar duro y la disciplina pueden lograr!" dijo John Moon, mientras hacía la última camiseta para Harry en su garaje. John consiguió una ganga tan buena en Walgreens cuando compró camisetas de color al por mayor, que hizo una camiseta para cada niño de la clase de Harry.

Mientras tanto, Titus Kligore no estaba preocupado. Con su autoestima elevada, el grande Titus se había convencido de que Harry Moon no iba a estar ahí. Es más, estaba tan convencido de que había asustado a la competencia, que convenció a su papá, Maximus Kligore, a hacer una fiesta por su victoria en Chillie Willies.

"Sólo para ver como ganas!", había dicho el alcalde Kligore mientras le daba una palmada en su espalda, con admiración. "Haré que el administrador de la tienda ordene hamburguesas y papas para todos los chicos del octavo grado".

117

Titus respiró profundamente. Lo que más quería era impresionar a su padre—algo que no lo hacía a menudo. "¡Eso suena grandioso, papá!" dijo Titus. Posiblemente ahora su padre estaría orgulloso de él. Algo se había perdido en su relación de padre - hijo entre Titus y su padre. Ganar era lo único que importaba y sin importar nada más. Ya no importaba jugar honestamente y bien. Titus solo quería ganar, pero a veces, el costo era demasiado alto.

"¡Después de esta noche," dijo el alcalde," nadie podrá decir que Maximus Kligore no sabe cómo tener una fiesta!"

Empezó a llover duro, lo cual suele ser raro en Sleepy Hollow. Pero aun así, Harry a veces estaba cansado del clima en su pueblo. Estaba convencido de que el alcalde Kligore tenía algo que ver. Siempre parecía otoño en Sleepy Hollow.

118

Ring. Ring. Era el teléfono de la casa de los Moon en Nightingale Lane.

"¿Aló?" dijo Harry.

"Y adiós para ti, Hairy Moon Butt," dijo la voz baja y áspera. Era una voz que quería asustarle, mostrándole su poder y su profundidad. Era Titus.

Antes de que Harry pudiera cerrar el teléfono, Titus ya lo había cerrado. Los dos eran buenos en cerrar el teléfono. Los dos lo

habían practicado mucho.

Era como la décima vez que Titus había asustado a Harry este día. Ya casi era tiempo de irse, y Harry se estaba preocupando.

Le escribió a Sarah Sinclair para ver si ella podía venir antes.

"Sí," escribió ella de vuelta.

Una hora después, Harry, Rabbit y Sarah se sentaron en silencio en el sillón de la familia

Moon. El sol ya se estaba poniendo. Se podía ver los últimos rayos por entre las cortinas. Harry cerró la puerta.

"Oh, oh. Parece que esto es serio," dijo Sarah.

"Sí, lo es," dijo Harry, caminando hacia el sofá. Se sentó entre Rabbit y su anterior cuidadora.

Harry se dio cuenta de lo linda que se veía Sarah con su velo Scheherazade, pulseras y aretes circulares. Aun así, la hermosura natural de Sarah no podía calmar el corazón ansioso de Harry. Con nerviosismo, él seguía golpeando la varita con su palma, como para saber las respuestas de lo que tenía que hacer.

"¿Qué pasa?" preguntó Sarah. "Veo miedo y valentía en tus ojos. 'Valentía, después de todo, no es la falta de miedo. Valentía es seguir sin importar el miedo.' Creo que C.S. Lewis dijo algo así.

"Mantén esto en secreto," dijo Harry suavemente. "Titus Kligore me ha estado

amenazando toda la tarde, llamándome por teléfono como si fuese un asesino de la película Scream IV".

"¡Wow!" dijo Sarah. "Realmente está tomando esta cosa de maniáticos muy en serio".

"¿Cuál es la solución?" preguntó Harry.

"La tienes en tus manos," dijo Rabbit. Harry miró hacia la varita en sus manos.

"Sólo puedo usar la varita en el escenario," dijo Harry.

121

"Pero intenté eso," dijo Harry. "No funcionó. La varita no funcionó".

"Harry," dijo Rabbit, "eso es porque trataste de usarla para la venganza. Tu magia tiene un corazón, y sólo se la puede usar para el bien. Como cuando hiciste que la castaña floreciera. Tu corazón fue luz en ese momento".

"Bueno, cuando traté de esconder la cabeza de Titus . . . ¿te acuerdas? No pasó nada".

"Y tú sabes por qué".

"Porque estaba enojado. Dentro de mi corazón y alma, estaba tan enojado que quería vengarme de Titus por lo que hizo".

"Exactamente," explicó Rabbit. "Esta magia no funciona desde la ira".

"Pero no tengo ira. Estoy asustado".

"Entonces utiliza tu magia para esconderte de tu enemigo. Mientras crezcas, tu magia también crecerá, y entenderás que tan poderosa es cuando la usas para el bien".

"¿Puedo hacer eso?"

"Puedes hacer cualquier cosa que sea buena".

"¡Wow!" dijo Harry. "¡Te amo, Rabbit! ¿De dónde viniste de todas formas?"

Rabbit miró a Sarah.

"Bueno," Sarah jugó con sus pies debajo de la mesa, mirando a Rabbit. "Él es una liebre. No te quise decir eso, Harry. Creí que ibas a pensar menos de mí, o de Rabbit. Traté de pagar por un conejo en la tienda de magia de Sleepy Hollow, pero el lindo hombre anciano no me dejó. Él dijo que, ya que Rabbit era magia real, él no me iba cobrar".

"¿En serio?" dijo Harry.

"No tengo precio. ¿Verdad?" preguntó Rabbit.

Y aunque Harry siempre disfrutaba un buen debate con Rabbit, no respondió. Tenía mucha ansiedad por la presentación. El show iba a comenzar en una hora.

123

"Relájate, Harry," dijo Rabbit. "Tú sabes lo que harás, y podemos practicar el brazo que desaparece en el camino".

Sarah se paró, con los brazaletes sonando contra su piel. "¡Estoy tan emocionada!" dijo. Harry la miró y pensó: qué hermosa es.

Sarah tenía 16 años. Su padre le había dado las llaves de su camioneta Ford azul, para que pudiera llevarle a Harry. Cada uno de los 12 concursantes tenía que llegar al auditorio una hora antes para tomar lista y hacer los cambios de último minuto a su disfraz o a su maquillaje. La familia de Harry iba a salir después para el auditorio de la escuela.

Harry fue junto a ella. Rabbit estaba en el asiento de atrás. Sarah manejaba muy bien. Para no sentirse pequeño, Harry se sentaba muy derecho en su asiento, actuando casualmente, porque nunca había visto manejar a la chica que le solía cuidar. "Muy bien con las curvas, Sarah".

"Gracias, Harry," dijo Sarah. "Sí tengo una cosa más que decir".

"¿Qué?" preguntó Harry.

"Aunque no dejó que yo le pague por Rabbit, Sr. Dupree sí me preguntó si podía venir al show hoy de noche. Él dijo que esto debía animarte".

"Samson Dupree, ¿de verdad?" Harry preguntó. "¿Él va a venir a mi show?"

"Él sabe más de lo que tú crees que sabe" dijo Sarah, con una mirada de sorpresa. "Voy a decir una cosa más y después no voy a decir nada más al respecto. ¡Creo que Samson Dupree es tu ángel guardián!"

"¿Mi ángel guardián?" dijo Harry. Tenían sus ojos una mirada perdida.

"Sí," dijo Sarah. "Él te cuida".

"Ni siquiera sé lo que eso significa—ángel guardián. ¿Hay cosas como esta?"

"Creo que sí las hay. Por lo menos, ahora lo creo. Parece que tú eres su chico".

125

"Creí que era el chico de Rabbit".

"Yo soy de la buena magia, payaso. No soy ningún ángel," dijo Rabbit desde el asiento trasero.

"¡Para!" dijo Harry. "¡Ahí está!"

"¿A quién ves?" preguntó Sarah, mirando sobre el volante hacia el horizonte.

"Titus Kligore. ¡Él y otros de sus maleantes están en la esquina del parqueadero esperándonos!" Harry dijo nervioso. "¡La camioneta! ¡Tengo que ponerme en el modo de desaparición de un brazo!"

Sin ningún anuncio, como si siempre supo lo que debía hacer, Harry tomó su brazo y lo alzó frente a él, su capa cayó frente a sus ojos—una cortina escondiendo sus cuerpos.

Juntos, entretejidos en la fábrica del cosmos, Harry, Sarah, Rabbit dijeron en unísono: "¡A B R A C A D A B R A!".

Moviendo su varita hacia su pecho, Harry desapareció bajo la invisibilidad de su capa.

Mientras estaba parada la camioneta en la mitad de la calle, se abrió la puerta del copiloto y se cerró sola, por lo menos eso es lo que parecía al resto del mundo. Nadie podía ver al invisible Harry Moon.

"¡Oye!" dijo Titus Kligore, mirando al otro lado del parqueadero, vestido con su disfraz de Freddy, "¿no es esa la camioneta de la chica que cuidaba a Harry Moon?"

"¿Dónde?" preguntó Finn, con una máscara de hockey puesta sobre su cara, porque estaba vestido como Jason.

"¡Ahí!" dijo Titus.

Titus y los maníacos miraron al otro lado del parqueadero que se iba ya llenando de carros. No vieron una camioneta Ford. Titus parpadeo y movió su cabeza confundido. "Debo estar volviéndome muy paranoico. Pude jurar que era Harry Moon en una camioneta con Sarah Sinclair. ¡Cuidado chicos! ese Harry Moon es escurridizo".

El Harry invisible estaba encima de la camioneta yendo hacia el parqueadero, escondido de la vista bajo la capa invisible de Harry Moon. Ni la gente que pasaba por ahí, ni Titus, podían ver el carro que se estaba moviendo bajo la magia de la capa.

121

"¿Puedes ver adonde debes ir?" le dijo Harry a Sarah. La capa estaba cubriendo todo en la camioneta, incluyendo el parabrisas.

"Muy bien," dijo Sarah, manejando lentamente como si fuera el primer carro del desfile del 4 de julio. "¡Esto no fue parte de la escuela de conducción, eso te lo aseguro!" dijo ella, riéndose .

Sin ser vista, la camioneta Ford pasó con cuidado por el parqueadero, llegando a la esquina de la vereda que llevaba a las puertas de la escuela.

Con su mano derecha extendida completamente, la tela de la capa cayendo de su brazo, Harry bajó de la camioneta. Escondido detrás de la capa para que no le vieran, Harry caminó hacia la puerta del conductor y la abrió. Sarah bajó de su puesto y pisó en el suelo. Se agachó bajo la capa, escondiéndose también de la vista de Titus y los Maniáticos.

"Vamos," le dijo Harry a Rabbit.

Rabbit respondió, riéndose. "No te preocupes por mí. Te encuentro tras el escenario. Lo vas a hacer bien".

"Okay" susurró Harry. "Sarah, sólo sigue mis pasos".

"Muy bien," dijo ella. Juntos, atrás de la capa, Harry y Sarah caminaron hacia la escuela. Frente a ellos, esperando bajo una decoración del clima, estaban Titus y sus

maníacos, mirando hacia la muchedumbre, buscando a Harry.

Juntos, pero escondidos y asustados, Sarah y Harry caminaron cuidadosamente invisibles hacia las puertas de la escuela. La tela invisible de la capa no podía tocar el piso —o si no, uno de los dos o los dos podían tropezarse y caer. Se podía ver apenitas sus pies mientras caminaban.

Harry miró al frente de él hacia la entrada de la escuela. Siguió enfocado en su destino, no tener el miedo que sentía por este bully y su pandilla.

129

"Mira," dijo Titus. "¿ustedes ven lo que yo veo?"

"¿Qué?" preguntó Finn.

¡Mira allá! pies caminando—¡solo pies caminando! ¡Qué diablos!" gritó Titus, apuntando a la acera.

Mientras los maníacos miraban a la acera, no había nada. Harry y Sarah ya habían pasado por ahí.

"Yo no veo nada," dijo Finn.

Titus no estaba convencido. Estaba seguro de que había visto pies. Él miró hacia el parqueadero y vio lo que creyó haber visto antes.

"No me estoy volviendo loco chicos," dijo. "Acabo de ver pies, y yo sé que vi la camioneta de Sarah Sinclair antes, ¡porque ahí está!" Estaba, otra vez, y esta vez al final de sus dedos, la camioneta azul de Sarah Sinclair parqueada en la vereda. Corrió hacia ésta y los maníacos también corrieron—sin saber qué más hacer.

"¡Lo sabía! ¡Lo sabía!" gritó Titus, agarrando la manija de la puerta. "¡Esos escurridizos están aquí!"

"¿Qué quieres decir?—¿están aquí?" Preguntó el chico vestido como hombre lobo. "¿Cómo pudieron haber llegado?"

"Magia," dijo Titus. "Magia real".

"¿Magia mala?" preguntó Finn.

"No sé. No puedo estar seguro," dijo Titus,

mientras se daba la vuelta alejándose de la puerta.

Y aunque los maníacos tenían puestas máscaras o maquillaje de arcilla, sus ojos escondían el miedo que tenían en sus corazones. Se estaban preguntando—¿quién es este Harry Moon y con qué tipo de magia está jugando?

"Vamos, chicos, estamos dejando que nuestra competencia nos distraiga," dijo Titus. "No hay tal cosa como magia real. Todo son mesas y sillas. Ahora vamos a ganar esta cosa".

131

Mientras tanto, Harry, Sarah y Rabbit estaban detrás del escenario, alistándose para la presentación que cambiaría sus vidas para siempre.

El Show del Talento Tenebroso

"Miss Pryor, no quiero ser un soplón, pero no creo que Harry Moon vaya a respetar las reglas de la competencia," dijo Titus, refunfuñando y acorralando en una esquina a la profesora de drama y arte, siendo él mucho más alto que la profesora.

"¿Por qué dices eso?" dijo Miss Pryor con un suspiro. Ella conocía muy bien las tácticas de Titus. La familia Kligore estaba acostumbrada a que las cosas funcionen como ellos desean.

"Creo que Sarah Sinclair está haciendo mucho más que simplemente ayudar. Eso va contra las reglas," se quejó Titus.

"Yo no he visto nada en su presentación que respalde lo que tú dices" dijo la profesora, resoplando.

"¿Y qué me dices de ese conejo estúpido? Ese no es un conejo. Es una bestia. ¿Viste el tamaño de esa cosa? Parece un monstruo. Tienes que estar pendiente de esa cosa" dijo él. "Vas a ver, Miss Pryor, es el conejo el que está a cargo de esa presentación". Titus habló tan rápido que tuvo que detenerse para respirar. "Ni siquiera es Harry el que lo está haciendo—es algún tipo de magia negra. Mi padre, el alcalde, apoya la idea de Spooky Town, pero no de magia rara —¡no magia negra!"

"Gracias, Titus. Estoy segura de que los jueces van estar mirando muy cuidadosamente".

∽

Miss Pryor movió su cabello hacia atrás de sus orejas. Con el cuaderno a su lado, camino hacia los camerinos donde estaba el administrador. "Ya firmó Harry Moon?" ella preguntó.

"Creo que sí," dijo el administrador. Buscó en las páginas del cuaderno. "Sí". El apunto a las firmas de Harry. "Firmó a las seis y veinte. Pero no lo he visto desde ese entonces.

135

Miss Pryor hacía todo bajo las reglas. A ella no le gustaba la personalidad tan fuerte de Titus Kligore, pero algo que Titus dijo le estaba molestando.

El show comenzó a las 7:00. Miss Pryor pisó el escenario y anunció el octavo Show de talentos tenebrosos anual. Miss Pryor tenía mucha energía. Su sonrisa brilló al público.

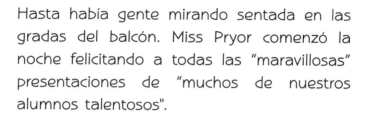

Hasta había gente mirando sentada en las gradas del balcón. Miss Pryor comenzó la noche felicitando a todas las "maravillosas" presentaciones de "muchos de nuestros alumnos talentosos".

Los maníacos iban primero. Todos fueron al escenario con unos árboles de invierno altos. El grupo apareció y comenzaron a cantar al frente del telón. Todo parecía simplemente normal.

Titus tenía una voz fuerte de barítono. A pesar de sus tácticas injustas, Titus era un gran cantante. Los maníacos cantaron la canción "Let's get Hysterical", con sus habilidades a Capella. Se abrió el telón para mostrar un paisaje invernal.

Mientras continuaba la canción de los muñecos, sus disfraces se transformaban frente al público. Cuando llegaba el crescendo de la canción, el grupo se convertía en hombres lobo. La genialidad técnica de esta presentación era impresionante. Mientras los maníacos marchaban hacia el piso, una luna gigante cayó desde el techo, suspendida en

el aire. Cuervos negros salieron de los árboles de esqueleto y empezaron a volar,
haciendo siluetas en esta luna mientras los
maníacos todos aullaban.

Harry, Rabbit y Sarah miraron desde
la parte izquierda del escenario. Harry
estudió el acto de los maníacos. "Aumentaron
esa nube de hielo y los cuervos desde el
repaso".

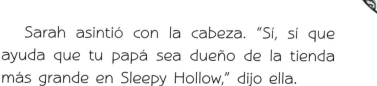

Sarah asintió con la cabeza. "Sí, sí que ayuda que tu papá sea dueño de la tienda más grande en Sleepy Hollow," dijo ella.

"Tiene mucho dinero para hacer cosas así," dijo Harry. Miró entre la cortina al público. Él estaba sorprendido. Aplaudieron fuertemente a los maníacos, pero no hubo una ovación de pie.

"Tenemos que competir justamente," dijo Sarah.

"Yo sé," dijo Harry, cerrando la cortina. Miró a la chica que lo cuidaba de niño. Ella era tan hermosa. "Gracias, Sarah por ayudarme," dijo Harry

"No hay problema," dijo Sarah sonriendo.

"Espero que algún día, no me veas como el chico que sabías cuidar, sino sólo como un chico," dijo Harry.

"Lo hago, Harry. Ya lo hago. No estaría aquí si no me importara. Pero sabes, Harry, siempre estará la diferencia de edad entre nosotros".

Harry estaba tan emocionado. *¡Wow!* *pensó él. Escucha, ¡ella ya me ve como un chico! Estoy progresando, y todavía ni siquiera le doy su regalo de Navidad.* Harry devolvió esa sonrisa. Él quería decir más, mucho más, pero lo único que pudo decir fue, "Esa corona que llevas puesta es linda".

"¡Oh, gracias! ¿Te gusta?" preguntó ella. "La metí a último minuto. Realmente, se llama una diadema, y tiene un velo pequeño. Me dio la idea ese programa *Mi bella genio*".

139

⌀

Mientras las otras presentaciones fueron al escenario y se presentaron, Titus estaba detrás del escenario, buscando a Harry y a Sarah. No había escondites. Nadie los había visto. Claro, Harry y Sarah estaban escondidos bajo la magia de la capa.

El corazón de Harry golpeaba contra sus costillas mientras Miss Pryor caminaba al escenario para presentar el último acto. Harry miró a la mesa de los jueces que estaba al lado de la orquesta. Los tres jueces estaban entretenidos, todavía frescos. Ser último puede resultar de cualquiera de dos formas, pensó Harry.

Mientras Harry se quitaba la capa invisible, revelándose a sí mismo y a Sarah, el director del escenario vino hacia ellos. "¡Ahí están ustedes!" dijo el director. "Tengo que ponerles los micrófonos". con una eficiencia muy rápida, puso los micrófonos inalámbricos en los dos, en Harry y Sarah.

"¡Damas y caballeros! Estoy orgullosa de presentar el último acto de la noche en Sleepy Hollow—las increíbles aventuras de Harry Moon—con nuestro estudiante de octavo grado, Harry Moon, ayudado por Sarah Sinclair".

Harry se puso su sombrero. Miró a Sarah, quien lo ajustó en su cabeza.

"Asómbralos, Hombre Moon," dijo ella, sonriente.

Harry miró sus ojos azules suaves. Pensó que caería dentro de ellos. "Yo creo en ti," estos parpadearon devuelta.

¡Ahora era cuando sucedería! pensó. Ella me va a besar en los labios. Pero no, no todavía- un lindo beso en la mejilla era más que suficiente para el momento.

Harry sonrió a Sarah, y con un guiño, respiró profundo y se dio la vuelta para ver al público.

Con un aplauso escaso, Harry marchó al centro del escenario. Parecía un dibujo animado. Su sombrero negro alto, era muy grande para su cuerpo tan pequeño. Bajo la luz del escenario estaba él -una figura solitaria, sola—un gran contraste con el grupo bullicioso de Titus.

141

"Buenas noches, damas y caballeros," dijo Harry. Estuvo ahí parado callado, esperando que el silencio se acumule. Y después se quedó allí aún más. Alguien en el auditorio tosió y este sonido sonó como truenos en el silencio.

En la fila 35 el primer nivel del auditorio,

Mary Moon agarró la mano de su marido.

"¡Oh Dios, nuestro hijo tiene pánico escénico! No está diciendo nada". Mary susurró entre sus labios.

"Vamos, amigo," dijo John, animando a su hijo. Harry miró al público. Sus ojos miraron a todo el público. Vio a su familia. Vio a Samson Dupree. Vio las diez filas de Kligores. Incluyendo al alcalde, Maximus Kligore. Sentado detrás de muchos de los Kligore estaba el personal de 'Manejamos por la Noche'. John tragó difícilmente y susurro a Mary, "El alcalde Kligore y su . . . compañía están aquí".

Honey miró a su hermano, parado ahí como una estatua en el escenario. La sangre bajaba por su cabeza. "Yo sabía que esto iba suceder," les dijo a sus padres, susurrando. "¡Está ahí, congelado! Esto siempre me va a perseguir. Estoy arruinada. Harry Moon, eres un peligro".

Harvest estaba sentado en la pierna de Honey, cogió su mano pequeña y puso sus

dedos al lado de su boca. No estaba jugando con su lengua—la estaba silenciando.

Pero Harry no estaba congelado. Estaba disfrutando de este momento, asegurándose de que el público estuviera completamente con él. Todos los ojos—incluyendo los ojos de Titus Kligore—estaban en el escenario, esperando, silenciosos, esperando en el silencio, para ver qué podía hacer este joven mago. "Yo sabía". dijo Titus, sonriendo a Finn y Freddie, "te dije que era escurridizo. ¡Mira! Hasta tiene una peluca".

143

Harry sonrió. Y en ese instante, se convirtieron en el juguete de Harry. La multitud suspiró colectivamente, seguros de que este artista gracioso con el sombrero sabía exactamente lo que estaba haciendo. Harry era dueño del escenario desde su pequeño círculo enfocado con la luz. Harry Moon había aprendido bien estudiando al maestro ilusionista, Elvis Gold.

"Es raro estar aquí, ¿no lo creen?" preguntó al público mientras caminaba por el escenario. "El misterio nunca nos deja".

Mary Moon tembló un poquito, "oh, no". Le agarró a su esposo más duro. "¿Qué está haciendo?"

"No estoy seguro, mi amor," dijo John, el efervescente animador de su hijo.

"No estoy hablando acerca de este escenario," dijo Harry. Hablando al público. "Estoy hablando de la vida".

"Es raro, ser visitantes de este mundo. Por más duro que lo tratemos, simplemente no lo entendemos. Vemos destellos de algo más—una magia más profunda. La veo en los ojos de mi hermano pequeño. La veo en la hermosura del amanecer".

Harry extendió sus brazos bien abiertos hacia el público. "Pero por más que nosotros tratamos, nunca tenemos todas las respuestas. Entonces la noche de hoy, por favor siéntense y relájense, porque quiero llevarles a través del portal de maravillas que existe atrás de ese amanecer. Sarah Sinclair, ¿si me puedes ayudar?"

Con los velos de genio detrás de ella, Sarah caminó al escenario. Su sonrisa tan brillante como la luz del escenario. Sarah no tenía ni idea de lo que iba a suceder, pero no le importaba.

Sarah era una ayudante muy elegante. Después de todo, estudiaba en el penúltimo año de High School. La querían la mayoría de las chicas de Middle School. La admiraban, y a ella también le gustaba vestirse bien. Les gustaba su ropa, especialmente la diadema con el velo.

145

Harry había silenciado a todos. El auditorio estaba en completo silencio. Este era el show que todos habían venido a ver.

Sarah le dio una sonrisa reconfortante cuando llegó a Harry. Harry le saludó con el sombrero y tomó su mano para presentarle al público. Sarah saludo como si fuesen realeza. El era el rey. Ella la reina. Cuando saludaba con el sombrero y la reverencia de ella eran una linda forma de mostrar respeto. El público aplaudió con aprecio.

"Qué hermoso," dijo Mary.

"Si te gustan los gatitos con lazos y los unicornios," dijo Honey de mala gana.

"¿Qué quiere decir ESO?" preguntó John.

"Pelota de queso," contestó Honey hundiéndose en el asiento. "Le dije que necesitaba nuevos trucos".

146

Harry le dio su gorro a Sarah. Ella lo sostuvo, caminando hacia el filo del escenario, mostrando el vacío dentro del gorro a los miembros del público y a los jueces.

Cuando ella se lo devolvió, Harry abrió la palma de su mano.

"¡Abracadabra!" dijo él.

Harry dio la vuelta a la palma de su mano con un juego de manos. Volvió a mostrarle al público y ¡ahí, en sus dedos, estaba la varita hecha de madera del almendro! Con Sarah a su lado, Harry puso la varita arriba y abajo del sombrero, poniéndole por los espacios vacíos para mostrar al público que no

habían cables escondidos o un gabinete escondido que sostuviera el gorro.

Con un gran ademán, Harry movió la varita sobre el sombrero, diciendo "¡abracadabra!"

El alcalde Maximus Kligore miró desde la tercera fila detrás de la orquesta. Semi cerró sus ojos, observando cuidadosamente. Él había traído sus binoculares para ver a los pájaros, por si acaso Moon subiera al escenario. Él estaba estudiando cada movimiento del mago. Iba a exponer el fraude, y salvar el trofeo que era para los Kilgores. Titus tenía que ganar.

147

"Qué raro," dijo Maximus a su asistente, Cherry Tomato, viendo por los binoculares. "Esa varita no está hecha de madera de tejo".

"¿Cómo puedes ver desde aquí?" preguntó Cherry. Tenía los ojos más inusuales—como de gato. "¿De qué es, entonces? ¿Un palito de helado?""

"No. No. Boba. Nunca la había visto

antes. Es de madera del almendro".

"¿Y qué?"

"La madera de almendra es la misma madera, dice la historia, que utilizó Moisés para su vara cuando hizo todos esos milagros".

Cherry Tomato se sentó de pronto, como si hubiera pinchado una aguja muy grande. Hizo una mueca—como diciendo que no le gustaba lo que su jefe le había dicho. Para nada.

Mientras tanto, en el escenario, Harry metió su mano en el sombrero. El público sostuvo su respiración. Habían escuchado historias acerca de este joven. Nadie sabía qué iba a pasar.

El brazo de Harry buscó y buscó dentro del sombrero, estrechándose hasta que sintió algo. Su cuerpo se puso rígido. Mientras jalaba, el sombrero jalaba de vuelta. La sonrisa en la cara de Harry se congeló. Su brazo desapareció en el sombrero. Harry

148

fue elevado al aire por la magia. Con Sarah luchando solamente para tener firme al sombrero, la cabeza de Harry, sus hombros y su pecho fueron jalados y desaparecieron dentro del sombrero.

Slish. Slash, se movieron sus piernas, de un lado al otro en el aire, cabeza abajo dentro del sombrero. El público suspiró. En la mitad de la luz guía estaba Sarah—solita —su cara haciendo esfuerzo, luchando para mantener parado al sombrero, la mitad de Harry estaba dentro de este con sus piernas nadando en el espacio. Nadie podía ser tan fuerte como para sostener al sombrero así por mucho tiempo.

149

El público se paró con sentimientos de miedo y asombro. Algunos gritaron.

Sarah le dio la vuelta al sombrero hacia un lado, manteniéndolo firme entre sus brazos. El movimiento de las piernas de Harry ahora se había hecho de lado. Apuntó el sombrero hacia el público, con un niño de verdad dentro de éste.

Sarah dio vuelta al sombrero y los pies de Harry tocaron el piso. Y al hacerlo, él dijo "¡ajá!"

Sus pies estaban en piso sólido.

Nunca hubo algo como esto antes en Middle School de Sleepy Hollow. Harry estaba corriendo como una caricatura con solamente sus piernas y sus pies fuera del sombrero. No se podía ver nada más del resto de su cuerpo. Era espeluznante y también cómico.

"¡Damas y caballeros! ¡Si me dejan presentarles al Headless Mago de Sleepy Hollow!" dijo Sarah.

El público no sabía si aplaudir o si llamar a los bomberos. Estaban de pie, gritando. El sombrero dejó de correr—y la luz guía fue directamente hacia él.

El sombrero hizo una reverencia.

Paralizado, el público miró mientras las piernas cayeron al suelo y el cuerpo de Harry luchaba dentro del sombrero.

Imitando los sonidos de miles de horas de caricaturas que había visto cuando niño, Harry creo un pandemónium de sonidos de pelea dentro del sombrero. Con los parlantes a todo volumen, el teatro temblaba con la imaginación de su alma.

"¡Caricaturas!" gritó Harvest, saltando de arriba para abajo en la pierna de su hermana. "¡Caricaturas! Harry SABE que es mi show favorito!"

151

"Gran cosa," dijo Honey.

Mientras Harry luchaba en el piso, se equilibraba con el sombrero, tratando con gran determinación de liberarse. Primero

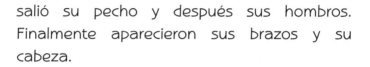

salió su pecho y después sus hombros. Finalmente aparecieron sus brazos y su cabeza.

La luz guía estaba muy caliente enfocada en Harry mientras él estaba en el piso, exhausto y sudado, totalmente afuera, con excepción de sus manos. Acostándose contra las maderas, Harry luchó hacia arriba hasta que estaba de pie, sus manos todavía dentro del sombrero.

152

Con sus velos volando, Sarah se acercó al sombrero. Con la precisión de una enfermera profesional, ella empezó a halar desde el otro lado. Mientras lo hacía, las manos de Harry se podían ver, agarrando lo que parecía una bola de nieve gigante. Pero mientras más jalaba Sarah, esta no era una bola de nieve para nada. Era pelaje blanco . . . Y, después, más pelaje . . . Y luego, pelaje negro . . . Y, después, pelaje gris, blanco y negro. ¡Ahí, como una pancarta desenrollándose, estaba el conejo arlequín, de orejas desiguales, más grande que nadie haya visto!

En el público, Samson Dupree, con su pelo aplanado para que la gente de atrás pudiera ver, se acercó a un par de gemelos de cinco años y dijo, "¡Wow! Ese sí que fue un truco de sombrero, ¿lo creen?"

"¡Épico!" dijeron los gemelos en unísono.

Samson se dio vuelta para ver al padre de los gemelos y le entregó su tarjeta de la tienda de magia de Sleepy Hollow. "Pasa alguna vez por la tienda, si quieres un conejo tuyo propio. No acepto tarjetas de crédito ni efectivo. Los conejos son gratis".

153

"Oh, no sé," dijo el padre.

"No se necesita una jaula de conejos. Ni que se limpie. Solamente tienen que mostrar amor y respeto a un pequeño conejo".

"¡Sí!" dijeron los gemelos en unísono, otra vez. Pero no era en respuesta a lo que dijo Samson Dupree sino por lo que estaban viendo en el escenario.

Rabbit estaba parado silenciosamente ante el público. Su cara blanca y negra, como la máscara de un payaso brillando desde abajo de la luz guía, sonrió mientras hacía una reverencia.

"¿Qué?" dijo Harry, como si Rabbit estuviera hablando. "¿No quieres volver al sombrero?"

Rabbit negó con la cabeza, "No".

"Entonces, ¿a dónde irás?" preguntó Sarah, escuchando como si el conejo estuviese hablando.

154

"¿Quieres irte volando?" preguntó Harry.

Rabbit asintió con la cabeza, "¡sí!"

El público estaba en silencio. Esto es lo que habían escuchado. Habían venido a ver cómo volaba el conejo. No querían perderse nada—ni un poquito.

"¿Vas a volar como el viento?" preguntó Sarah.

Rabbit asintió con la cabeza.

"¿Quieres volar por donde quieras para que podamos escuchar tu sonido, pero no sabremos de dónde vienes ni a dónde vas?" preguntó Harry,

Rabbit asintió con la cabeza emocionado.

Harry caminó hacia Rabbit. Recogió el sombrero y lo puso en su cabeza. Había un poco de fanfarroneo en los movimientos de Harry.

"Entonces, ¿sabes lo que vamos a decir acerca de esto, Sarah?"

155

"Oh, yo sí sé" dijo ella con una sonrisa.

"Es realmente simple... Solamente una palabra—abracadabra. ¿Puede decir el público esta palabra con nosotros?" dijo Harry, levantando la voz.

"¡Sí! ¡Sí!" el público dijo en alta voz. Hasta Titus estaba diciendo, "Si!"

"Bien," dijo Harry. "Entonces, a la cuenta de tres. ¡Uno. Dos. Tres!"

"¡A B R A C A D A B R A!" gritó el público.

"NO LOS ESCUCHO!" grito Harry de vuelta.
"A B R A C A D A B R A!" repitió el público.

"Qué es esto, ¿un concierto de rock?" preguntó Honey. Harvest se rio, poniendo sus dedos en la boca de ella otra vez.

La gente del público le siguió con los ojos mientras Rabbit silenciosamente se elevaba por el escenario. Como si fuese un globo de helio, Rabbit flotó suavemente, sin esfuerzo. Una vez que llegó a la parte más alta del escenario, regresó a ver al público.

Él navegó—no nadó—por el techo. Esta vez no se vio sus caderas ni sus patas.

Las luces del teatro estaban bajas para ver el show en el escenario. No había necesidad de subirlas ya que todos podían ver al conejo navegante. Ellos miraron a Rabbit, pero todos dirían después que estaban viendo algo más que un conejo. Estaban viendo la magia real.

El pelaje de Rabbit se expandía mientras él navegaba, creciendo en una gran nube plateada. En la parte más alta de su vuelo —Rabbit cayó desde el techo hacia el público—se partió en muchas partículas como de nieve. El auditorio estaba lleno de estos pedacitos.

Mientras Rabbit caía como si fuese nieve, los ojos del público fueron redirigidos por la trayectoria de estos copos de nieve de vuelta hacia el escenario. Estaba nevando en todas partes, hasta en el escenario encima de Harry y Sarah. Había silencio. Como la primera nevada en un suelo tibio, no se pegaba. Esta caída de nieve simplemente desaparecía en el aire.

"¡Gracias a todos!" dijo Harry. "¡Qué la magia nunca les deje!"

Sarah vino detrás de él. Le zafó la capa y la soltó de sus hombros. Y ahí estaba.

"Oye, esas letras quedaron bien, ¿no crees?" dijo John Moon a Mary.

"Se ven muy bien, John," dijo Mary, todavía un poco confusa.

En el escenario, Harry tenía puesta una de sus camisetas que habían hecho con su papá aquella tarde.

NO HAGAS EL MAL

Lo que pasó después de esa noche todavía es algo de lo que se habla en Sleepy Hollow. Cuando Sarah soltó la capa de los hombros de Harry, el público asombrado estaba en silencio, mirando al joven mago, a su asistente, y a la magia que llenó el auditorio.

Alguien, desde la tercera fila (dicen que fue un miembro de la pandilla de Titus) fue el primero. Gritó "¡bravo!", y empezó a aplaudir ferozmente. El teatro se llenó con gritos de apreciación y aplausos como truenos, lo cual pareció continuar para siempre.

Harry les había dado el show que ellos vinieron a ver.

"No hagas el mal" era lo que ellos querían hacer, después de todo. Aunque muchas veces es difícil, la gente quiere hacer el bien. Como dijo Harry Moon, "hay magia profunda en cada uno de nosotros".

159

160

DERROTA

Titus y sus maníacos ganaron la competencia tenebrosa de talentos. Antes de anunciar al ganador, Miss Pryor anunció que la increíble aventura de Harry

Moon había sido descalificada. Ella esperaba los reclamos y los gritos de que "estaba comprado" de parte del público, y sí los tuvo.

"Los jueces han decidido que bajo la regla cuatro, sección G, esta presentación está descalificada porque uno de los presentadores no es estudiante de Middle School.

"Sarah Sinclair sólo ayudó," gritó John Moon, parado en su puesto.

"No es por Sarah Sinclair, John," dijo Miss Pryor. "Fue debido al . . . am . . . excepcional conejo. Los jueces creen que el conejo no era, por no podernos expresar mejor— parte de la utilería—pero el conejo hizo la presentación con Harry Moon, haciendo lo que es reservado para un presentador, no para una parte de la utilería. Y Rabbit no está registrado en el Middle School".

Cuando se declaró que Titus y los maniáticos habían ganado, hubieron muchos que estaban enojados, incluyendo a casi

DERROTA

todos los de octavo grado. Los que estuvieron más enojados fueron todos los amigos de Harry Moon—Hao, Bailey y Declan.

"¡Yo le voy a pegar a ese chico en su propia fiesta!" dijo Bailey. "¿Quién está conmigo?" Bailey siempre estaba listo para una pelea.

Declan y Hao dijeron que estaban con él, pero sugirieron sólo asustarle a Titus. Ellos conocían muy bien a Chillie Willies. Ellos le atraparían a Titus Kligore en el "cubo encantado" de la tienda, y pondrían los momentos tenebrosos de las mejores 100 películas de miedo de todos los tiempos y le volverían loco.

"Oigan, chicos, aprecio su simpatía, pero déjenlo ir, ¿Okay?" dijo Harry.

"Vamos a ver," dijo Bailey, lo cual era el código para "no".

Estaban parados afuera, en la acera cubierta del Middle School. El parqueadero

163

estaba lleno de gente que salía.

"¡Gran Show! ¡Fantástico, Harry! ¡Qué pena lo de los jueces. Tú debiste haber ganado!" Decía la gente desde todas partes a Harry. Muchos vinieron solamente para darle una palmada a Harry en la espalda o para darle la mano.

Éstas interrupciones no les molestaban a Declan, Bailey y Hao. Era más fácil lidiar con este descontento junto a la atractiva chica que cuidaba a Harry cuando era pequeño.

"¿Vas a ir a la fiesta de esa comadreja?" preguntó Declan a Harry.

"Creo que debería ir, ¿no lo crees?" Harry puso sus manos en sus bolsillos. "Un buen espíritu competitivo".

"Creo que es lo correcto," dijo Sarah. "buen espíritu competitivo".

"¿Buen espíritu competitivo? ¿De quién? ¡No de ese bully! ¡Fuego con fuego, digo yo!" exclamó Bailey.

"Sólo muestra quién es el mejor hombre," dijo Harry. "Eso es todo".

"¿El mejor hombre?" dijo Declan. "Perdiste amigo. Eso es lo que va decir el periódico del lunes".

"¡Yo gané! Yo tuve la buena magia," dijo Harry.

"¿En serio? ¿Dónde está tu trofeo? ¿O no lo tienes? ¡Eso es porque te robaron amigo!"

Uno de los hombres, de la mesa de los jueces, vino hacia el grupo. "Tu presentación fue espectacular jovencito," dijo él, mientras extendía su mano a Harry. "Siento mucho que las reglas no permitan un reconocimiento público".

"Gracias, señor," dijo Harry, sonriendo.

El concejal se retiró del grupo y caminó hacia un carro negro. Los otros jueces le estaban esperando. Estaban felices y conversando, entrando al auto.

"Míralos," dijo Hao. "Un grupo de

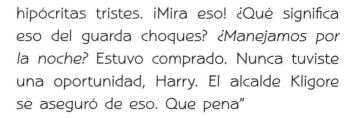

hipócritas tristes. ¡Mira eso! ¿Qué significa eso del guarda choques? ¿Manejamos por la noche? Estuvo comprado. Nunca tuviste una oportunidad, Harry. El alcalde Kligore se aseguró de eso. Que pena"

Harry hizo un gesto de dolor cuando vio el sticker que decía "manejamos por la noche". Eso es lo que estaba escrito en el guardachoques del carro que casi le pisó cuando el visitó a Samson Dupree en la tienda de magia de Sleepy Hollow.

"Te lo estoy diciendo ahorita. Este pueblo no es lo que parece," dijo Bailey. "No es un pueblito pequeño 'Spooky Town' donde se vende juguetitos tenebrosos y muñecas del Headless Horseman a los turistas. Este pueblo es una cosa real. Es malvado hasta su médula. Un minuto, el pueblo está en bancarrota -- al siguiente minuto, ¡los concejales quienes son los líderes del pueblo están paseando en limosinas!"

Harry estaba de acuerdo. "Yo sé". El vio como desapareció la limosina en el camino. Siempre lo supe.

Entonces, Harry ¿vas a venir con nosotros?"

"Puedo llevarte si es que quieres," Sarah le dijo a Harry. "La camioneta está aquí"

"¿Tú tienes una camioneta?" dijo Hao, impresionado y tratando de no mostrarlo.

"Es de mi papá".

"Oye, gracias, Sarah," dijo Harry, "pero necesito unos minutos a solas".

Hao, Bailey y Declan comenzaron a caminar hacia la fiesta. Realmente ellos no entienden a las chicas.

"¿Vienes Harry?" dijo Bailey, dándose la vuelta.

"Ah..." dijo Harry, confundido, mirando a Sarah. "Tengo que ver una ..."

"Oh..." dijo Bailey, "nosotros te entendemos. Tienes que ver algo de la camioneta".

"Algo así," dijo Harry.

Ya cuando los chicos se fueron y la mayoría de los carros ya se había ido, Harry se sentó en la banca de piedra de la acera cubierta y llego su decepción. Tenía lágrimas en los ojos. Las limpio de su cara, pero todavía habían lágrimas en sus mejillas.

168

Había sido una noche emocionante pero difícil.

"Lo siento," dijo, mientras Sarah se sentaba

junto a él. Él trató de esconder su cara con sus brazos. Pero estaba cansado, y no quería hacer la desaparición de un brazo. "No quería que me vieras así".

Sarah sacó el velo morado de su disfraz, lo arrugó y se lo dio a Harry para que lo use como pañuelo. "Está bien, lo he visto antes," dijo Sarah. "Después de todo, yo fui la chica que te cuidó".

"¡Ah sí, claro!" dijo Harry, acordándose mientras sonaba su nariz con el velo rosado. Él la regresó a ver con sus ojos mojados. "¿Pero ya no me ves así verdad?"

"Cierto," respondió ella.

"Entonces, ¿tal vez el tiempo cambie las cosas, cierto?" le preguntó él.

"El tiempo nos va a cambiar a todos. Pero yo siempre voy a ser la chica que tiene tres años más que el chico. ¡Piénsalo! Cuando tu estés en tu primer año de High School, yo voy estar en mi último. Creo que esto no

puede funcionar".

"¡No digas eso, Sarah! No me gusta cuando hablas así".

"Esta chica siempre ha hablado así, Harry—desde que dejé de cuidarte. Nunca te he dirigido de forma equivocada . . . ¿verdad Harry?"

"No, creo que no" respondió él usando otra vez el velo como pañuelo.

Rabbit apareció y se sentó entre los dos en la banca. Puso una pata alrededor de Harry y la otra pata alrededor de Sarah.

"Sólo quiero decir esto," dijo Rabbit suavemente, pero con entusiasmo. "En referencia al amor, los dos me tienen que prometer . . . Porque mucha gente tratará de separarme de ustedes . . . ¡Prometerme que nunca me van a dejar!"

"Si tú prometes que nunca nos dejarás a nosotros," contestó Harry.

"¡Nunca, nunca, nunca!" dijo Rabbit.

"Entonces, trato hecho," dijo Harry.

"¿Trato hecho?" preguntó Rabbit a Sarah.

"Trato hecho," respondió ella.

"Qué pena lo de la noche de hoy," dijo Rabbit. "Pero el mundo no es justo. Por eso se necesitan héroes. Probablemente no va a ser más fácil".

Harry estuvo de acuerdo. Sabía que Rabbit decía la verdad.

"Sarah . . . Harry". Continuó diciendo Rabbit, "Les voy a decir esto lo más suave posible—tener un amigo como yo, tiene consecuencias".

172

El Cubo Encantado

Para cuando Sarah y Harry llegaron en la camioneta Ford, Chillie Willies estaba prendido. Los letreros de la luz neón decían "ifelicidades, maniáticos!" El trofeo victorioso de oro estaba en el centro del cuarto principal. Titus Kligore y sus maniáticos estaban al lado del trofeo para tomarse fotos. En minutos, Instagram estaba repleto de fotos de los maníacos. Parecía que la clase completa de octavo grado—200 en total—habían llegado la fiesta.

Mientras tanto, Declan y Bailey tenían una reputación, con sus compañeros, de ser confiables. Al contar la historia de Harry, pusieron un sentido de injusticia en los corazones de sus amigos. Muchos de ellos también habían sido acosados por Titus. Fue fácil sembrar cizaña de odio. Había por lo menos 3 docenas de chicas y chicos que estaban trabajando juntos para asustar a Titus fuera de sus cabales. "No que tuviera muchos para comenzar," dijo Hao.

Es más, tenían tantos alumnos que querían ayudar en esto que ya habían hecho que el "cubo embrujado" de Chillie Willies les ayudara para la venganza contra Titus.

El cubo era una de las cosas para ver en el muestrario, involucraba una prueba no solo de coraje, pero también de voluntad. Era una casa embrujada virtual que tenía 40 pantallas LED que mostraban cosas de miedo—como ojos flotantes, lombrices, cerebros y esqueletos . . . Esencialmente estabas atrapado en el cubo hasta que gritases. Después, te sacaban de él.

El récord para la persona que estuvo más tiempo en el cubo fue de Adele Cracken por tres minutos y 12 segundos.

La asociación de padres y profesores trató de que cerraran el "cubo encantado," durante años, diciendo que era un provocador de pesadillas, pero Maximus Kligore siempre ganó diciendo que era "buena, limpia y tenebrosa diversión".

Esta noche, Clooney Mackay, un chico brillante con las computadoras dividió la información que iba a cada pantalla en cuatro cuadrantes. Según Clooney, no habría 40 películas tenebrosa al mismo tiempo, sino 160.

"Demonios," dijo Clooney, sus ojos brillaban con emoción. "Hasta el Dalai Lama se volvería loco aquí".

"Esto no le va a matar a Titus, ¿verdad?"

dijo Bailey. "Le prometí a Harry que solo jugaríamos con él".

"Claro que no le va a matar," dijo Clooney, riendo con anticipación. "¡Pero esta será una noche de Halloween que nunca olvidará!"

Mientras los chicos bailaban y comían, algo más estaba sucediendo en la fiesta. Todos estaban mandando sus fotos y videos más feos de Titus al teléfono de Clooney. El teléfono las transfería a su computadora. "Todo lo terrible que él es," le dijo Clooney a su novia, PJ McDonald. "Ya era hora de que él huela su hediondo olor".

"Esta es maldad pura," dijo PJ mientras ponía sus dos manos en las caderas y respiraba fuertemente. Estaba parada junto a la computadora de Clooney, atrás del "cubo encantado", mientras algunos chicos de la clase "arreglaban" las pantallas LED con el cable.

"¡No es maldad, PJ! ¡Es ojo por ojo, ¿verdad?!" dijo Clooney.

"Obviamente no leíste lo suficiente del libro," dijo PJ. "dice, da la otra mejilla".

"Bien. ¡Entonces daremos la mejilla cuando él nos dé un ojo!"

"¡Idiotas! ¡Todos ustedes!" dijo PJ, mirando a sus amigos, respirando con exasperación. Ella se alejó de Clooney, y lanzó su cabello hacia atrás, mostrando su desagrado.

Muchos de los estudiantes le estaban diciendo halagos a Maximus Kligore en la sección de regalos de fiestas de la tienda durante la fiesta.

171

"¿De dónde sacó esa voz Titus, Señor Kligore? ¡Es increíble! Tiene que haberla sacado de usted".

"Bueno, yo sí canté en el coro, hasta que cambió mi voz," dijo Maximus con orgullo.

Mientras tanto, en el salón de exposición, Larry "el herrero" Loneghan estaba ocupado detrás de la puerta del "cubo encantado". Su papá tiene la ferretería Loneghan, Larry ha pasado bastante tiempo haciendo llaves extra para los clientes. Larry se había convertido en un experto con las cerraduras. Él dio una forma de pasar la seguridad en el cubo.

"Como diría el Sr. Kligore, esto solamente es 'diversión buena, limpia y tenebrosa' ¿verdad?" Larry le dijo a Hao, quien veía lo que él estaba adaptando.

"Esa es una forma de decirlo, Larry," dijo Hao.

Tanta gente estaba preocupada con este proyecto que nadie se dio cuenta cuando entraron a Chillie Willies, Harry con su capa y Sarah vestida de genio.

"¿Seguro que estás bien con esto?" Preguntó Harry, mirando a la hermosa Sarah. Él realmente tuvo que gritar porque la música estaba tan alta.

"¿Por qué no habría de estarlo?" gritó Sarah.

"Es el octavo grado". Encogió sus hombros en la capa.

"¿Y?" dijo ella con una sonrisa. "No es algo para avergonzarse. Todos tenemos que pasar por el octavo grado en algún momento".

"Vamos a la mesa de comida," sugirió él.

"Vamos," dijo ella, siguiendo a Harry por entre la multitud. La música estaba muy alta, la gente bailaba rápidamente pero algo más estaba sucediendo. Harry sentía algo en su alma. Su intuición diciéndole algo. Había tensión en el aire. Nadie estaba hablando, como si estuviesen esperando que algo suceda.

179

"¿Qué quieres?" preguntó Sarah al llegar a la mesa de comida. Había todo tipo de golosinas. También habían bolas de palomitas de maíz.

"Oh, gracias... una Coca Cola" dijo Harry, distraído. Él vio a Hao tratando de esconder una expresión sospechosa en sus ojos.

"¿Qué está pasando, Hao?" preguntó Harry.

"Sólo estamos esperando los gritos".

"¿Cuáles gritos?" preguntó Harry.

"Los gritos que vienen de la boca gorda y grande de Titus Kligore cuando vea las cosas terribles que hemos preparado, más las películas Scream I, II, III, y IV" dijo Hao, comiendo un chocolate Hershey de color naranja y negro.

"¿Dónde está?" preguntó Harry.

"En el cubo".

"¿En el cubo? Yo les advertí chicos," dijo Harry.

"Oye, ¿le escuchaste?" preguntó Hao.

"¿Cómo se puede escuchar algo con la música tan alta?" gritó Harry.

"Tuvimos que subir el volumen de la música para que el viejo Kligore no nos parara. Le tenemos en el salón de ventas contando cuentos a sus fans," dijo Hao con una sonrisa. "¿Lo escuchaste esta vez?"

"¿Escuchar qué? El cubo sólo permite un grito," dijo Harry.

Sarah regresó con las Coca-Colas y le entregó una a Harry. "¿Qué son esos gritos?"

"¿Los escuchas?" dijo Hao.

"Tengo oídos sensibles," explicó Sarah. "¿Es un nuevo juego o algo?" preguntó ella. "¡Porque son muchos gritos!"

181

Hao se rio. "Eso es porque Larry, el herrero, anuló la seguridad de la puerta. Titus, el de la boca gorda, no saldrá pronto de esa máquina de horror".

"¿Qué quieres decir?" preguntó Harry.

"Él te robó tu gloria, Harry. No nos gusta eso. Él y su papá tienen a este pueblo a su disponibilidad para su propio placer".

"Lo hizo bien esta noche. ¡Todos los maníacos lo hicieron!" respondió Harry.

"Sí. Pero tú, Sarah y el conejo ihicieron

algo increíble! ¡Oye! ¿Dónde está el conejo? ¿Va a venir a tomar una Coca Cola o sigue en la atmósfera?"

Ahora, ni siquiera la música podía esconder los gritos constantes. Harry miró al otro lado de la pista de baile y a la multitud de gente bailando. Podía ver que el cubo no solamente estaba moviéndose un poquito, se estaba moviendo fuertemente de lado a lado.

Estaba moviéndose con tanta energía que todos los chicos caminaban hacia atrás alejándose de él.

Y luego sucedió. Hubo un sonido de una explosión y luego el cubo se prendió en llamas. En un instante se quemaron todos los disfraces de Halloween de la pared. Eran tan inflamables. Los disfraces se quemaron con un color naranja y amarillo. Las llamas quemaron la red del techo que estaba llena de cosas onerosas. Mientras las llamas del cubo quemaban las redes de nylon, los esqueletos, las tumbas de plástico, las arañas, los murciélagos, y los zombies cayeron encima de la gente que estaba bailando.

La gente de la fiesta grito y corrió en todas direcciones. "¡Fuego! ¡Fuego!" gritaban.

Larry el Herrero había saltado al lado del cubo. Él golpeó la pared, pero ésta no se abría. La puerta estaba muy caliente y quemaba sus manos. "¡No la puedo abrir!" dijo el. "Ayuda!"

Mientras los chicos corrían fuera de la tienda para escapar del fuego y escapar de los esqueletos que caían del techo, Sarah agarró a Harry.

"¡Tienes que hacer algo!" gritó ella.

Harry agarró las manos de Sarah. Miró sus ojos llenos de miedo. Su corazón estaba latiendo. "¿Qué puedo hacer? Puede que tenga una capa, pero no soy Superman".

"No, eres mejor que Superman—porque eres real. Usa tu magia Harry Moon. Rescata a tu enemigo".

"Tienes razón," él dijo. "Tengo que salvarlo". Harry miró hacia el cubo, ahora completamente rodeado de llamas".

Ella agarró su cara. "Yo creo en ti" le dijo ella.

"Yo puedo hacer esto," dijo él. Corrió hacia el cubo.

"¡Ten cuidado!" gritó Sarah.

Llegar a donde estaba Titus no era tan fácil como Harry pensó. La muchedumbre estaba corriendo, el techo se estaba quemando, y la sala de exposición estaba llena de humo. Taylor Dingham, el mejor jugador de fútbol de la escuela le pegó a Harry en la quijada con su codo derecho, sin poder ver mientras corría tratando de salvar su vida. Cuando Harry cayó al piso, su varita salió volando de sus manos. Ciegamente, por medio del humo, él buscaba su varita.

"Varita, ven a mí" dijo, sin saber qué más hacer. Y ahí estaba—¡firme en sus dedos! La obediencia de la varita le dio confianza. Harry se paró. Sus rodillas temblaban, pero mientras más se erguía más fuerte se hacía.

Harry abrió sus brazos, con la varita en su mano derecha gritó, "¡abracadabra!"

Él no sabía cómo llegó ahí, pero estaba encima del cubo lleno de llamas. Trató de ver alrededor de la manija de la puerta. No estaba seguro si la encontró o no. Pero la cerradura estaba fría al tocarla. Él movió la varita frente a sus ojos, y podía ver más allá del humo. Jaló de la cerradura, pero ésta no se movió.

Él movió la varita sobre su mano. Otra vez trató de agarrar la cerradura, pero ésta había desaparecido. En su lugar había un hueco. Él puso su mano dentro de esa abertura y jaló de la superficie de la puerta. En su mano, el grueso metal se volvió fino. Él lo jaló como si el cubo fuera una lata de sardinas.

Él podía escuchar la voz de Titus. Harry suspiró. ¡Está vivo! Entró en el cubo, pensando en el comportamiento tan malvado de Titus hacia todo el mundo. Harry pensó en las cosas malas que Titus le había hecho —especialmente aquella noche en la vereda de Nightingale Lane. Harry se detuvo, aun cuando Titus estaba llorando—pidiendo ayuda.

¿Vale la pena salvarle? pensó Harry. O si no, mi magia no funcionaría. ¿Verdad?

¡Correcto! dijo la voz de Rabbit.

"Tiene que haber algo bueno en él, ¿verdad?" pensó Harry.

"Hay algo bueno en todos," dijo la voz de Rabbit, "pero alguna gente simplemente no sabe cómo encontrarlo".

"Estoy aquí," dijo la voz débil de Titus detrás de una pantalla LED rota.

"Ya voy," Harry le aseguró a Titus mientras se acercaba a los gemidos.

Titus regresó a ver la pantalla frente a él. Saliendo, detrás de la pantalla, como un sol naciente en el horizonte, estaba Harry Moon.

Titus tosió. Se limpió los ojos y miró al chico entre el aire lleno de humo. "¿Harry? No lo puedo creer". Tosió otra vez.

"Soy yo," dijo Harry.

"Pero yo te corté el pelo," dijo Titus, tratando de respirar aire fresco.

"Crece rápidamente," dijo Harry. "¿Estás bien?"

"Creo que sí".

Titus limpió con sus manos sus párpados cubiertos de hollín. Regresó a ver a Harry. Respiró lo que más pudo y le preguntó "¿Quién eres tú?"

Harry extendió su mano a Titus. "Sólo un chico con su conejo. Salgamos de aquí".

cᐱↄ

Después de las interminables preguntas de los departamentos de policía y de los bomberos de Sleepy Hollow, Harry pudo irse. Harry pasó por la oficina de administración de Chillie Willies y hacia el otro cuarto. Tragó difícilmente y observó el daño. Por primera ve esa noche, Harry vio el peligro que él y Titus habían enfrentado. Pensó en llorar. Pero Harry se contuvo.

La sala de exhibición estaba destruida. La tienda que antes era colorida ahora estaba gris y vacía como el cementerio de Sleepy Hollow. Todos se habían ido con excepción de algunos bomberos que buscaban todavía brasas vivas. Los conserjes estaban barriendo la basura y las cenizas. Cruzando el lugar, Harry estaba pensando en qué problema se habían metido sus amigos.

Cuando llegó al parqueadero, escuchó alguien que le dijo "¡Oye!"

"Oye," dijo suavemente a la oscuridad. Se quedó congelado.

"Acá," dijo la voz de una chica. "Soy yo".

Harry se acercó a la voz, "Sarah, no puedo creer que me hayas esperado".

"No hay problema," dijo Sarah. "Yo manejé . . . ¿No te acuerdas? Mi camioneta no deja a nadie".

Harry vio que ella se acercaba a él. Al acercarse, las luces de la calle iluminaban sus telitas y su cara. Sus pulseras brillaban.

Pudo ver una caja de madera pequeña en el parqueadero. La agarró rápidamente y la puso cerca de sus pies.

Él estaba parado en la caja mientras ella se reía.

"¿Qué estás haciendo, loquito?" Preguntó ella, su cara ahora sonrojada. Él estaba bien cerca ahora. Y por primera vez, él se podía ver de la misma medida.

190

"Estoy arreglando la diadema," dijo él. Estrechó sus manos y arregló la diadema dorada con el velo que estaban en su cabello rojo. Sus manos se quedaron ahí un tiempo más largo, pero a ella no le importó.

Entonces él la miró, retirando el cabello de su cara.

"Alguien una vez me dijo que el tiempo cambia todo".

"Ajá," murmuró ella.

"A veces, esto puede suceder en un mismo momento".

Ella cerró sus ojos mientras Harry se acercó para besarla en los labios. Se sintió como si estuviese empezando un sueño.

191

Lo tan increíble que él pensó que eso iba a ser—fue eso y mucho más.

Otra vez, puede que se haya quedado ahí un poquito más de tiempo, pero a ella no le importó. Porque cuando él retiró sus labios de los labios de ella, ella sonrió.

"Abracadabra, Harry Moon," ella dijo. Parecían haber nubes azules alrededor de ellos. Harry sonrió.

"A B R A C A D A B R A!" dijo él.

BUENAS TRAVERSURAS

Debido al fuego que hubo en Chillies, los Selectman y el consejo del pueblo se reunieron el domingo para sentenciar especialmente a los 40 chicos que admitieron que estaban involucrados en el incidente del Cubo Embrujado.

Incluyendo a Clooney Mackay, Bailey Wheeler, Declan Dickinson y Hao Jones. El sheriff, los bomberos, los profesores, y la mitad del pueblo estaban ahí para decidir qué hacer con los chicos. La gente dramática de Middle School de Sleepy Hollow decía "tiempo en la cárcel". Los atletas dijeron "hacer novatadas controladas". Los moderados ganaron con castigos en la escuela. Fueron seis semanas . . . Cada tarde después de clases y cada sábado.

194

Después de la reunión, Harry se reunió con Bailey, Declan, y Hao justo antes de que sus padres les llevaran a cumplir su sentencia. "Eso fue difícil", dijo Harry. "Pero ustedes debieron saber que lo que estaban haciendo no estaba bien".

Bailey miró a sus compañeros. "Solo tratábamos de cuidarte, Harry. Pero ya no más".

"En serio," dijo Hao.

"Ya no voy a hacer una mala travesura," Bailey dijo. "Nunca había estado más asustado en mi vida. Titus pudo haber muerto".

"Hubiéramos ido a la cárcel," dijo Hao.

Harry miró a sus amigos. Feliz de que admitieron su culpa, pero convencido de que tenía que hacer algo que dure. "Oigan chicos", dijo él, "Realmente hagámoslo bien esta vez. Realmente seamos un equipo que hace Buenas Travesuras".

"Me parece bien," dijo Bailey antes de que su papá lo llevara del brazo.

Harry miró entre la muchedumbre. Vio a Clooney Mackay parado con su padre. Harry sabía que se había quemado el laptop en el fuego. También era una de las personas que todos en Sleepy Hollow sabían que le iba a castigar a su hijo. Clooney tenía las marcas de la correa para mostrarlo. Pero Clooney decía a cualquiera que las veía que fue durante el incidente del cubo.

Cuando Harry escuchó las mentiras que Clooney estaba diciendo a todos acerca de sus ronchas, pensó en lo injusta que puede ser la vida. Rabbit estaba en lo correcto. Éstos eran tiempos difíciles. Tal vez siempre habrá problemas, pensó Harry. Entonces, ¿por qué no tratar de ser un héroe?

Mientras Harry terminaba la escuela el lunes por la mañana, él pensó en lo afortunado que era de tener una mamá y un papá que parecían que no siempre le querían, pero siempre le amaban. Era afortunado de tener un papá que nunca le pegaba y que su peor falla era hacer camisetas de las cosas estúpidas que decía Harry y dárselas a sus amigos . . . "Ya no necesito las llantas de entrenamiento" o "Yo me pongo bloqueador solar aunque sea un Moon".

Cuando Harry llegó a la primera clase, todos ya estaban en sus asientos—algo inusual. Hasta Declan y Bailey, quien siempre caminaban con Harry pero "tenían que llegar a la escuela temprano," estaban en sus asientos. Harry se sentó y Miss Pryor, su profesora de primera clase, cerró la puerta. Caminó al frente de la clase y se paró detrás de su escritorio, junto a la estatua de Shakespeare, "el genio" como solía ella llamarlo.

"Estudiantes, como ya saben, yo estuve dirigiendo el Show de talentos tenebrosos, tal como siempre lo hago. La noche del sábado, todos hicieron muy bien, pero Harry Moon estuvo excepcional -no sólo por sus talentos, pero por su fuerza de carácter al manejar esa decisión técnica desafortunada acerca de su presentación. Creo que deberíamos darle un aplauso".

Los estudiantes aplaudieron a Harry. El simplemente saludo con su cabeza. Después Clooney Mackay se paró y miró a Harry. Tenía puesta la camiseta de NO HAGAS EL MAL. Y también saludó a Harry. Harry pensó eso significa mucho para mí. Clooney tiene una vida difícil pero, aun así, está mostrando coraje. Atrás de Clooney, su novia, PJ McDonald, también se paró. También con una camiseta que decía NO HAGAS EL MAL. Sonrió a Harry mientras aplaudía.

197

Bailey fue el siguiente en pararse. Harry se dio la vuelta y vio que Declan también estaba parado. Wow, pensó Harry. Un día, le devolveré esto a mi papá. Cada estudiante llevaba puesta una camiseta que decía NO HAGAS EL MAL—cortesía del garaje de los Moon.

De uno en uno los estudiantes se pararon hasta que Harry Moon estaba rodeado de un mar de estudiantes. Harry tenía un nudo en la garganta. Pero lo más sorprendente fue cuando el estudiante más alto del octavo grado se paró

en la parte de atrás de la clase. Harry no podía creerlo. Harry pestañeó. Parado como un barco grande estaba Titus Kligore. Y en su mástil estaban las palabras de su sueño—NO HAGAS EL MAL. Harry no podía creerlo cuando Titus guiño el ojo. No sólo guiñó, también sonrió.

Toda la clase se paró con sus camisetas que decían NO HAGAS EL MAL. Todos miraban a Harry. Todos aplaudieron. Todos llevaban puesta la camiseta que decía NO HAGAS EL MAL

¡Bien! Pensó Harry. ¡Todos estamos aquí para no hacer el mal! Harry pensó, este es el nuevo inicio del Equipo de Buenas Travesuras.

Después de unos momentos, Miss Pryor calmó a la clase y siguió enseñando. Sólo hubieron unos pocos anuncios antes de que todos salieran a la siguiente clase.

199

Cuando Harry fue a su casillero por su libro de algebra, Titus se dirigió a él "Harry, quiero agradecerte por lo que hiciste".

"No te preocupes," dijo Harry. Se sentía incómodo. Titus se quedó al lado de él mientras él buscaba su libro de matemática.

"¿Estás bien?" preguntó Harry.

"Sí," dijo Titus. "Los chicos de emergencia me llevaron al hospital para que me revisaran. Tu mamá fue mi enfermera. Dijo

que era tan fuerte como un búfalo".

Harry se rio. "Así es mi mamá".

"También, quiero disculparme por ser una persona terrible contigo durante los últimos ocho años".

"Nueve años. ¡No te olvides de kindergarten!"

"Nueve años, entonces. Lo siento. Realmente. Alguien me dijo que cuando casi mueres, tienes una epifanía".

"¿La tuviste?" preguntó Harry. "¿Tuviste una epifanía?"

"Sí. Puede que sea raro, pero pensé en Abraham Lincoln y su triste historia. Y lo que dijo al respecto".

Harry puso su libro de algebra en su mochila. "¿Qué fue lo que dijo, Titus?"

"Fue más como una pregunta," dijo Titus. "Lincoln preguntó, "¿Cuál es la mejor forma de deshacerse de un enemigo?""

"No lo sé". Harry dijo. "¿Tuvo una respuesta Abraham Lincoln?"

Lincoln dijo, "la mejor forma de deshacerse de un enemigo es haciéndose amigos con él," dijo Titus.

Harry cerró su casillero. No sabía cómo responder a eso. Titus no solía ser bueno. "Me gustaría eso", dijo Harry. "Sólo no le digas a mi papá. De lo contrario, todos tendremos eso en una camiseta".

Titus se rio. Harry también. Se rieron juntos. En ese momento, todo cambió para Harry y para Titus. Ahora los demonios y los fantasmas y el Headless Horseman eran más tenebrosos que los compañeros de Middle School de Sleepy Hollow.

"Eso es lo que hiciste tú conmigo. Yo era tu enemigo, pero me trataste como un amigo. Un día, espero que podamos ser amigos, Harry".

Harry no respondió enseguida. Después de todo, Titus había hecho muchas cosas malas contra él, incluyendo el corte de pelo impromptu. Él pensó que lo mejor es ser cuidadoso; la confianza es algo que se gana. Pero también sabía que Rabbit diría que hay que amar a los enemigos. "Okay, Titus," dijo Harry. "Trabajemos en ello. Empecemos hoy. En nuestro pueblo de Sleepy Hollow, hay muchos problemas, tratemos de trabajar juntos".

Titus sonrió, y él y Harry caminaron juntos a la clase de álgebra. Y esta vez, Titus no dijo nada acerca del nombre de Harry o su porte. Y a Harry le gustó eso. Pero no estaba completamente convencido de que Titus había cambiado completamente. Aun así, Harry se sentía bien ese día. Era un buen día. Él había hecho un nuevo amigo . . . Bueno, casi un nuevo amigo. Se sentía listo para la vida. Hasta se sentía listo para la escuela. Sí, iban a haber muchos más episodios en su vida. Pero ya no iban a haber a ver más tijeras. Por lo menos no en su pelo negro. Ahora, no sólo tendía a Rabbit pero también tenía la varita. Y para Harry Moon, si llegara el día que tuviera que elegir, él no escogería piedra, papel o tijeras.

Él escogería la buena magia que estaba dentro de él, magia que seguiría creciendo como le dijo su amigo Rabbit, magia que todos tenemos si es que tuviéramos el alma para verla. Aquel día, Harry no se sentía como un turista que veía con sus ojos. Se sentía como

un viajero que veía con su espíritu. Ese día, el mundo parecía bueno. Hasta Titus estaba bien. Rabbit estaba bien. Había bien en cada uno de nosotros.

Ese día, Harry tuvo una visión de su destino.

Pelear el mal con el bien. Siempre buscar oportunidades para predicar buena magia y mostrar a otros el camino a la buena magia. Harry Moon era un viajero ahora, y quería llevar a la mayor cantidad de gente posible con él, incluyendo el equipo de buenas travesuras y tal vez algún día, Titus Kligore.

Harry puede que no haya ganado la competencia. Eso no le importaba. Lo que ganó Harry esa noche fue más importante. Ya no tenía miedo. Había reemplazado el miedo con valentía. La oscuridad puede haber encontrado a Sleepy Hollow, pero si el joven Harry Moon tiene algo que ver, la oscuridad no se va a quedar.

¿Piedra-Papel-Tijera? Que comience la magia.

Mis queridos lectores,

Gracias por viajar conmigo al mundo de Harry Moon. Yo amo todo acerca de él. Amo su nombre. Amo su magia. Y más que nada amo su valentía.

Yo nunca fui el chico más popular en la escuela. Pasé mucho tiempo en el granero cuando estaba en middle school cuidando de mis conejos. Creo que siempre estaba un poco en el otro lado de las cosas.

Tal vez por eso me relaciono tanto con Harry. Él sabe cómo defender lo que está bien y no tiene miedo de hacer lo correcto, aún como

un extraño. Eso es muy chévere. Claro, también pudo besarle a la chica más linda, y eso también está bien.

En la vida necesitamos un amigo real como Rabbit. Hay mucho valor en saber que alguien es sabio, que te puede ayudar durante los malos tiempos. Ese es el punto, creo, de estas aventuras increíbles—la vida es más divertida cuando tienes un amigo que te puede guiar.

206

Estoy feliz que hayas decidido venir conmigo en estas aventuras de Harry Moon. Me gustaría saber si tienes algunas ideas para las futuras historias de Harry Moon. Vayan a harrymoon. com y avísenme. También visítenme en YouTube en el Rabbit Room.

¡Los veré de nuevo en la siguiente aventura de Harry Moon!

Con amor,

Mark Andrew Poe

PARA MÁS LIBROS Y
RECURSOS VISITA
HARRYMOON.COM

EL ADN DE
HARRY MOON

AYUDAR A SUS COMPAÑEROS
HACERSE AMIGO DE AQUELLOS QUE ANTES FUERON SUS ENEMIGOS
RESPETA A LA NATURALEZA
HONRA SU CUERPO
NO JUZGA A LA GENTE MUY RÁPIDO
PIDE CONSEJO A LOS ADULTOS
GUÍA A LOS JÓVENES
CONTROLA SUS EMOCIONES
ES CURIOSO
ENTIENDE QUE EN LA VIDA HABRÁN PROBLEMAS Y LO ACEPTA
Y, ¡POR SUPUESTO, AMA A SU MAMÁ!

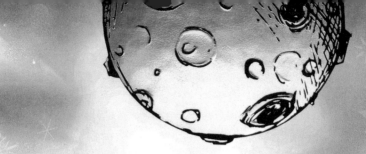

¡PRONTO VENDRÁN!
MÁS ADVENTURAS MÁGICAS

El ADN de
Honey Moon

Invierte en amistades que valen la pena
Va donde se la necesita
Ayuda a sus compañeros
Dice lo que piensa
Honra su cuerpo
No juzga a las personas
Le gusta divertirse
Pide consejo a los adultos
Desea ser valiente
Brilla
Y, ¡por supuesto, ama a su mamá!